GOBOOKS
& SITAK
GROUP©

GOBOOKS
& SITAK
GROUP©

三日月書版

三日月書版

4
Public Office of
Non-human
Affairs
非人類公所值勤日誌
Author 醉飲長歌
Illust cyha
三日月書版
輕世代 BL070

Public Office of
Non-human
Affairs

Contents

第二十二章

Public Office of Non-human Affairs

這種能同時爆破交戰雙方基地的手段，除了聶深之外也不做他想了。

林木沉默良久，彷若無事發生一般掰開了手裡的筷子，說道：「先吃飯吧。」

大黑和吳歸想想，覺得也是。

總不能現在跑去把聶深抓回來，他們在場的三個妖怪，沒有一個腳程趕得上聶深。

聶深雖然是半妖，但是跟林木這種半路出家又年紀小的完全不同，從那種環境裡成功存活下來的半妖，別的不說，跑路的能力絕對是一流的。

更何況聶深的血脈本身也相當適合跑路，畢竟是能夠將自己完全融入空氣之中的種族，就趕路這件事而言，能夠跟聶深比肩的妖怪真的沒幾個。

反正他們三個是沒有一個能趕上的。

大黑和吳歸這麼想著，也放下了手裡的地圖，掰開了筷子，開始吃起午飯。

擔心倒是沒有多擔心，如果聶深真的搞出了什麼喪心病狂的事情，在他動手之前，肯定就已經在禁咒作用下失去行動能力了。

嗯……雖然說聶深現在搞出來的事情也沒有小到哪裡去。

可是那跟他們又有什麼關係呢？

他們只是一群弱小可憐又無助的小菜鳥罷了。

這種事情就應該交給晏歸那個手眼通天的九尾狐去處理。

林木也心虛不敢說出聶深已經被晏歸扔給他爸這回事——尤其是吳歸和大黑都還不知道他爸是誰的時候。

他夾了一筷子肉放到碗裡，看了吳歸和大黑一眼，扒了口飯，又看了吳歸和大黑一眼，半晌，還是下定決心一般問道：「這算好事嗎？」

大黑一抬頭，「什麼？」

「就是聶深幹的這件事。」林木說道：「禁咒沒有觸發，代表他沒有殺人吧？」

吳歸吃了一口生菜，聽林木這麼一說，琢磨了一下，說道：「也能算好事，畢竟停火了，要知道如今人類手裡的那些武器，真打起仗來傷亡挺大的。

這麼說來，我記得晏歸說留聶深在中原是要讓他做善事積攢功德……」

大黑聞言，轉頭看了一眼林木。

林木也跟他對視了一會，雙雙想到剛剛打包午飯的時候胡說八道的話題，知道是自己隨口說說給了聶深靈感，頓時目光一收，彷彿沒發生任何事一般低頭猛吃。

吳歸看看這個又看看那個，瞇了瞇眼，「你們是不是知道什麼？」

「不知道啊。」大黑拿便當盒擋住臉，含混著說道：「聶深一整個早上坐在這裡一聲不吭，誰知道他在想什麼呢！」

「就是說啊。」林木積極點頭應和。

聶深這蛇行的思路誰跟得上啊。

林木甚至敢打包票，晏玄景都不一定跟得上聶深的思路，畢竟晏玄景再怎麼樣也算個正常的妖怪，雖然他也很直，但跟聶深這種直絕對不一樣！

「可是話又講回來，一直放他在外面也不好吧。」林木偷偷地問道：「沒有什麼把他叫回來的辦法嗎？」

「沒有哦。」吳歸慢吞吞地答道：「對於這種半假釋犯的妖怪，我們一般是只監視但不限制自由的，因為想限制也限制不住。」

林木失望地「哦」了一聲，低頭扒飯。

他是真的挺擔心聶深又搞出什麼驚天動地的事件——畢竟嚴格來講他幹的還真的是好事。

他們吃完了午飯，林木出去丟垃圾的時候，在辦公室外面打了通電話回家。

小人參接起電話，聽到林木要找帝休，便拿著話筒「噠噠噠」地跑進院子，抬起胖呼呼的小手，敲了兩下樹身。

「帝休出來接電話啦！林木打回來的！」

掛在帝休枝條上晒太陽的秦川失望地收回視線，翻了個身，讓自己均勻受熱。

林木在電話那頭把聶深的事情提了提，感覺有點焦慮。

「晏歸有沒有說過什麼能把聶深叫回來的辦法啊……」林木問道。

「木木，不要直呼晏歸的名字，要叫前輩或者是伯伯。」帝休糾正道。

「……」林木想了想晏歸每次出現時的模樣，憋了半晌也沒能憋出一個回應來。

他跳過這個話題，說道：「聶深的事……」

「沒有。」帝休答道：「但他總會回來的。」

林木聽帝休這麼說了，也算鬆了口氣，「那他幹的這件事要怎麼辦啊？」

「嗯……」帝休語塞了。

說實在的，這種行為壓根沒有在帝休的想像中出現過。

按照正常的思考，聶深這個初入中原頭一次嘗試做善事的半妖，撐死了也就扶老奶奶過馬路幫鄰里鄉親修修圍牆這種事。

再大也大不過從意外中救下幾條人命這類善舉。

——誰能想到聶深一來就一步登天，跑去了人家打仗的地方，一手乾脆俐落的動作直接讓雙方從物理上失去了開戰的工具。

這路走得也太寬了，人類真該給聶深頒個獎。

帝休有些苦惱。

從他的角度來看，聶深這件事幹得其實還挺好的。不管手段怎麼樣，得到的結果是完美的就行了，何況這一次聶深還沒有造成任何一點傷亡。

但他也清楚，從人類的角度看這件事，就顯得沒有那麼美好了，畢竟人類對於這種異常的力量抱著絕對的恐懼和質疑。

聶深的行動只要沒有人站出來說對此負責，人類就不會善罷甘休。聶深做的這件事沒有錯，卻又不能完全誇讚他，同樣也不能否定他。更不能隨便找個人類來頂罪，萬一人類出賣他們就不妙了。而且聶深本身也看不起比他弱的東西，要是他知道弱得要命的人類把他做的事情安到了自己頭上，肯定會不高興。

「哎……」

帝休苦惱地嘆了口氣，覺得帶孩子實在是太艱難了。

他思來想去，一抬眼就跟拿著本花卉培育指南、帶著一堆種子回來的晏玄景對上了視線。

對了，就用這隻小狐狸來頂罪吧。

晏玄景一回來就被帝休一揮手按成了本體，還沒來得及問上一句，就被帝休指到旁邊蹲著去了。

九尾狐滿頭問號地蹲好。

帝休指揮道：「尾巴，尾巴收一收。」

晏玄景聽話地把九條尾巴收成了一條，看著周圍場景驟然一變，變成了一片白茫茫的世界，明亮寬廣，連打光都省了。

帝休架好了攝影機，指揮著牛奶糖擺好姿勢，摸出一份從網路上直接搜尋到的英文聲明稿，把自己當旁白慷慨激昂地朗誦了一番，最後在聲明組織名字的時候卡了好一會，閉眼亂掰了一個Noname，並給這個並不存在的組織安了個「英雄無處不在」的中心思想，心滿意足地結束了拍攝。

晏玄景感覺問號已經從腦袋蔓延到了全身，他邁步走過來，探頭看看帝休前面的螢幕，問道：「這是在做什麼？」

帝休輕柔地嘆了口氣，答道：「養孩子。」

晏玄景：「???」

帝休稍微解釋了一下聶深搞出來的事情，轉頭就跟小人參湊在一起開始剪輯處理影片。

晏玄景蹲在一旁，聽到小人參在那邊小聲說道：「等聶深回來，可以給他看看那些超級英雄的電影。」

「嗯。」帝休點了點頭，覺得可以。

「人類有句話怎麼說來著？」帝休思考了好一會，敲敲自己的腦袋，過了兩秒，滿臉恍然，「寓教於樂更有利於孩子的成長。」

晏玄景：「……」

神他媽的寓教於樂。

新手爸爸帶孩子真是太可怕了。

尤其是旁邊還有個同樣什麼都不懂還亂參一腳的人參精。

幸好林木是被媽媽養大的。

但晏玄景思來想去，還是沒開口。

因為他也想不到聶深這行為怎麼樣處理才會更好——嘗到了這一次甜頭，聶深必定還會去做第二次、第三次。

阻止他是沒有用的，晏玄景很清楚。

因為事情做好了之後收穫的功德是實實在在的，以聶深的思路，只會認為他做的完全沒有錯。

他沒傷人又收穫了功德，那就是連天地都證明他做的事情是對的，別人怎麼能說他錯了呢？

至於人類會不會因此而產生恐慌或者別的情緒，又或者是不是斷了那些軍火商的生路，那跟他聶深一點關係都沒有。

既然擺明知道是會發生第二次第三次的事情，那的確還不如直接捏造一個組織出來，專門負責幫聶深頂罪。

跟晏歸的約定也就兩百年而已，要是在聶深的行動之下中原能安穩和平兩百年，想想也挺不錯。

至於這個組織在鏡頭前露臉的不是人而是隻狗這種事，等聶深多來幾次爆破，就不會再有人有什麼疑問了。

這麼一想，竟然感覺邏輯十分圓融順滑，堪稱完美。

甚至還覺得人類應該多給聶深頒個獎。

畢竟聶深做的這點微小的爆破，可以為整個中原帶來兩百年的和平發展！

晏玄景越想越覺得這件事可行性還挺高，也就不再過問，轉頭進屋去搬了個空盆出來，拿著花卉培育指南的手冊，精心選取了合適的土壤，把相思子的種子種了下去，又看了一眼適宜溫度，準備把花盆搬到溫室裡養著。

小人參難得看到晏玄景照顧盆栽，忍不住湊過來看了一眼，滿臉問號，「牛奶糖你種紅豆幹什麼？」

晏玄景偏頭看他一眼，說道：「這是相思子。」

「？」小人參差點就信了，他仔細看了看晏玄景剛扔下去的種子，一臉出乎意料。

「這是紅豆。」他說道：「能做紅豆沙的那種。」

「相思子有劇毒，人類市場一般沒有賣。」小人參撐著一張小臉蛋，老氣橫秋地嘆了口氣，「牛奶糖你被騙啦！」

晏玄景看了滿臉篤定的小人參好一會，面無表情地捏碎了手裡剩下的種子。

「其實也不一定是騙。」小人參眨了眨眼，說道：「因為相思子是劇毒，所以城市人想搞浪漫的時候，就會送紅豆，無毒無害，分手了還能煮個湯喝。」

晏玄景打量著林人參，覺得這小妖怪怎麼這麼懂。

竟然比他還懂。

「……」

雖然他的確沒啥可比較的。

晏玄景相當有自知之明，把手裡的紅豆灰拍掉，起身摸出手機，準備找個小角落去找一找有沒有什麼別的能夠作為驚喜的東西。

小人參彷彿看穿了一切，跟在他屁股後當小跟班，亦步亦趨地踩著晏玄景的腳印。

在狐狸精轉第二個圈子的時候，他開口說道：「牛奶糖你在查什麼呀？是不是在查怎麼哄林木呀？」

晏玄景腳步一頓，轉過身垂眼看著林人參，兩秒之後，抬手按住他的腦袋，把他轉了個方向，拎起來放到了正在和剪輯軟體奮鬥的帝休旁邊。

帝休偏頭，疑惑地看了一眼這兩個後輩，「怎麼了？」

「沒……」

小人參隨口說說，說得理直氣壯：「牛奶糖想哄林木不知道怎麼哄！」

帝休有些驚訝。

雖然他挺清楚以林木跟他媽媽那個幾乎有百分之八十相似的性格，晏玄景有這麼一張臉就足夠哄得林木頭暈轉向了，不過看到晏玄景這麼有心，他還是覺得十分高興。

帝休抬手按住小人參，說道：「禮物和甜言蜜語還是要自己挑選才行。」

雖然可能會很笨拙，但笨拙也是一種十分可愛的浪漫。

晏玄景見林人參乖乖留在帝休身邊，心中鬆了口氣，摩挲了一下手機，決定還是搞個最俗濫的。

總而言之先送花。送花肯定沒錯。

但晏玄景發現他竟然不知道林木喜歡什麼花。

狐狸精沉默了好一會，想起之前林木去花店的時候說他媽媽最喜歡小雛菊，於是信心滿滿地再一次走出了院子。

小人參坐在帝休旁邊，跟帝休一起看著剪輯教學，有點不大確定地問道：「這麼做可以嗎？」

「可以啊。」帝休說道：「如果不是沒有什麼妖怪認識我，我就自己上了。還是認識九尾狐的妖怪比較多，把牛奶糖擺出來，對人類對妖怪都有個交代就行。如今神州大地的管理者並不是主戰派，回頭把影片交給吳歸他們再看看有沒有需要修改的，人類高層可巴不得多個幾百年來韜光養晦。」

而且九尾狐或者別的妖怪跑到中原來攪風攪雨的事情，古往今來並不少，人類經驗豐富，自有一套應對手法。

連妖怪都被他們納入公務員體系和諧共處了，當然也有針對妖怪的應對辦法。

帝休早些年聽晏歸說過一點，基本上是在這幾十年裡，雙方達成了完美的合作雙贏協議。

帝休和晏玄景都覺得沒什麼問題，該急的又不是他們，更不是如今神州大地的管理者，而是找不出能跟晏玄景這種大妖怪比肩的強者的別國。

而現在他們面臨的最大問題，是帝休發現自己根本無法掌握剪輯軟體。

秦川掛在樹梢上，感覺自己受熱得足夠均勻了，往下一跳變成人形，捲起袖子，擠進了小人參和帝休中間。

「你們這兩個弱雞！」秦川得意地一揚下巴，「看我的！」

秦川這大半年為了找帝屋而掌握的那些對妖怪來說沒屁用的技巧，在這個時候完美地發揮了出來。

林木在下班之前看了一眼那張地圖，發覺聶深還在以十分迅猛的速度到處亂竄，看起來肯定好一陣子不會回來了。

林木嘆了口氣。

算了，都是小事。

他不能因為這麼一點雞毛蒜皮的小問題就驚慌失措，他以後可是要去大荒生活，可能還要在大荒橫行霸道的大妖怪！

——雖然變成大妖怪這個幻想可能需要一兩千年之後才能實現，不過總歸是有機會的。

他必定不可能被這麼一點小問題打敗！

林木一邊這麼想著，一邊上二樓資料室搜刮了一大堆關於蜃和幻術如何破解的資料，挑選了其中幾份放進小布袋裡，準備帶回去看。

林木把今天工作弄亂的資料整理好，看了一眼時間，說道：「我先下班了啊！」

辦公室裡另外兩個懶洋洋的同事擺了擺手，大黑順口說道：「晏玄景剛到外面，你們兩個也太閃了。」

林木一愣，他快步走到門口，一打開門，就看到晏玄景筆直地站在門外，手裡拿著一束五顏六色的小雛菊。

林木一怔，「？」

晏玄景把花送到了他面前。

「給我的？」林木微微睜大了眼。

「嗯。」晏玄景短促而低啞地應了一聲，眉頭攏出兩條細微的痕跡，似乎有些不大習慣。

他目光看向林木，發覺林木愣愣地接過花束之後那副傻得要命的樣子，又驟然變得放鬆了。

——因為林木看起來比他還不習慣。

林木愣愣地捧著花，半晌，握緊了手裡的花束，「哎……送我的啊？」

晏玄景點了點頭，再一次確認，「送你的。」

林木又不說話了，低頭撥弄著手裡束起的各色小雛菊，心裡想著沒自己種的好看，臉上卻帶著些微的紅，嘴角兩個甜滋滋的小酒窩若隱若現。

晏玄景目光略過辦公室裡另外兩位，向他們微微頷首致意。

吳歸笑咪咪地點了點頭，看起來樂呼呼的，而大黑在致意之後露出了一臉牙痛的表情。

這兩個妖怪壞得很，每次都閃瞎旁人於無形之中。

「走了走了，回家！」林木振作起精神，單手抱著花，打了個響指，「計程車！」

晏玄景看看他，也不多說，乾脆地變回原形叼起林木就走。

「哎……」大黑蹲在辦公室裡，看著飛上天去的九尾狐，滿臉羨慕，「我也想談戀愛，我不想當狗了。」

吳歸聞言，仔細端詳了大黑一番，在對方期待的眼神中，慢吞吞地說道：「那你多想想。」

「……」大黑瞬間收回了滿心的期待。

林木揪著牛奶糖的毛，讓他在地鐵站停下，執著地騎著摩托車回了家。

但這次駕駛摩托車的不是他，而是晏玄景。

林木坐在後座上捧著花，琢磨著自己能把這些花插在哪才能讓它們開得久一點。

家裡好像還真沒有什麼真正的空花瓶，花盆倒是有不少。

平時需要花瓶，都是到了出貨的時候，在出貨日期前一個月去特別訂做。

實在不行的話只能插在醬料瓶子裡了……

林木眼看著到了家門口，乾脆跳下車，抱著花一路小跑步回去，想跟爸爸分享一下快樂。

結果他剛跑過去，就聽到樹後面傳來一陣激昂的音樂，伴隨著帝休抑揚頓挫的朗誦，一聽就是撲面而來的震撼和感染力。

林木愣了兩秒，仔細聽了聽那段朗誦，滿頭問號。

下一秒，音樂聲停了。

林木推門走進院子，聽到了帝休的聲音。

「我覺得有點太激烈了，要不要溫和一點？」帝休猶豫著說道：「我們不是維護和平的組織嗎？」

林木：「？」

什麼組織？

帝休話音剛落，林木又聽到了晏歸的聲音。

晏歸說：「我也覺得音樂有點太激烈了，不夠酷，我們的定位應該是冷酷無情的殺手。」

「？」帝休發出了一串茫然的問號，「是這樣嗎？」

晏歸十分篤定，「沒錯！」

林木：「？？」

是哪樣啊！

什麼玩意啊？？

你們在搞些什麼啊！

「我覺得晏玄景的形象不行。」晏歸看著影片裡像極了薩摩耶的牛奶糖，然後抬手摸了摸自己的臉，「顯然我比較好看，建議換個發言人。」

推著摩托車進門的晏玄景掀了掀眼皮，「你的偽裝跟我有任何區別嗎？」

說完他頓了頓，然後露出一個略微嘲諷的表情，「哦，你比我胖。」

晏歸轉頭看向他兒子，露出了跟他如出一轍的嘲諷表情，「你以為我跟你一樣嗎？」

他話音一落，搖身一變，變成了一隻異色瞳長毛布偶貓，軟綿綿地「喵」了一聲，還嬌聲嬌氣地對自家兒子拋了個媚眼。

晏玄景看著變成貓滿地打滾撒嬌討摸的他爸，以迅雷不及掩耳之勢連拍十數張照片。

晏歸瞬間警覺起來，火速一翻身坐正。

但為時已晚，晏玄景已經收好了手機，宛如沒發生任何事一般拉著呆愣的林木，推著摩托車回了屋，準備把這些照片帶回去給他母親鑑賞一番。

以他母親熱衷於收集各式各樣毛茸茸小妖怪的愛好，晏歸八成會被勒令保持嬌小可愛毛茸茸的樣子好長一段時間。

至於這段時間能不能做什麼別的事情……

那跟他這隻純白如紙一無所知的小狐狸又有什麼關係呢？

林木被小人參塞了一杯果汁，剛吸一口，就看到坐在外面抱著電腦的秦川往地上一躺，開始打滾。

「我不幹了！」秦川生氣地踢著腿，「挑來挑去！還不給我薪水！我不幹了！」

晏歸無比端莊地蹲在地上，聽秦川這麼一說，轉手就把帝屋給出賣了，「你知道嗎？帝屋已經找到五條龍脈了，還差兩條。」

秦川一愣，「唰」地一下坐起來，滿臉驚喜，張嘴想問，過了兩秒臉上的笑容又一點點退下去，小聲問道：「那……他身邊有別的龍脈嗎？」

晏歸瞥了秦川一眼，說道：「你以為誰都像你一樣，像個黏人精嗎。」

秦川一下子笑了起來，撓撓頭，彷彿挺不好意思的。

他重新抱起了電腦，鬥志十足，「來吧甲方爸爸！」

林木吸了一口果汁，問道：「你們到底在做什麼啊？」

「給聶深弄個功德收集機。」晏歸說道：「大荒要累積功德太難了，在中原搞一個比較合適。」

林木滿頭問號，「什麼功德收集機？」

晏歸顫了顫耳朵，有點不知道怎麼解釋。

帝休比晏歸對中原要瞭解得多，他想了想，舉了個例子，「木木你知道哪吒被供奉三年香火的故事吧？」

「知道。」林木點了點頭，「那不是杜撰的嗎？」

「不全是。」帝休說道：「的確是有這種方法。」

的確是有享受人間香火，利用人類的信仰和供奉來挽救自己的這種方法。早些年人類科技還沒發展起來的時候，跑到中原來自封仙人建廟造宇的妖怪數不勝數。

就算是躲在廟裡窺探一下人類的願望，如果是好事的話就去幫一把，等到人類來還願了，也是功德一件。

雖然微小，但至少可以保證絕對不會浪費。

現今比較有名的一些寺廟，也曾經被不少亂七八糟的妖怪攔截偷過功德。

只不過如今建寺廟收集供奉香火已經不符合時代了，再加上聶深搞出來的多少也算是個事件，所以給聶深創造一個代名詞讓功德集中會好很多。

也算是另一種意義上的廟宇了。

「……要搞這麼大啊。」林木有點呆愣，「有必要嗎？」

他這一問，帝休和晏歸就倏然安靜了下來。

林木抬頭看看兩位長輩，遲疑了一瞬，「我說錯話了？」

「沒有。」帝休溫柔地安撫著林木，抬手虛拍一下兒子的頭，有些猶豫要不要告訴林木。

「需不需要真的搞這麼大，得看聶深的態度。」晏歸舔著腳，乾脆俐落地說道：「他心存死志。」

林木咬著吸管，聞言一愣，「……我看他今天到處亂竄挺開心的？」

「因為他無事可做。」晏歸說道。

他頂著一張布偶貓的臉，卻顯出了幾許威嚴來。

「他唯一的目的就是想要在中原逼出天帝，但我們不允許。」

聶深本身就對生命這個東西態度平淡，支撐著讓他沒有垮掉的唯一信念就是去找天帝。

殺孽那麼深重還始終執著這件事，甚至能夠掙脫帝屋怨念的糾纏，已經是相當了不得的執念了。

但來到中原之後，他這個目的被阻止了。

身上帶著監視和禁咒，聶深無處可去無事可做，本身也沒有什麼一定要堅持下去的目標。

要不是晏歸覺得這小輩能力挺強又看出了聶深的心態，於是遞了根繩索給他牽著走，聶深恐怕哪天就孤注一擲試圖搗亂，然後掛掉在無人的角落了。

「而且他還有很多事情沒說呢，也不知道是被殺孽蒙住了腦子一時沒想起來還是怎麼的。」晏歸伸出了自己的小肉球，剛準備舉個例子，就見林木蹲下來，握住了小腳，捏了捏。

晏歸：「？」

晏玄景眉頭一皺，變回小小隻的本體，把他爹趕到了另一邊去。

晏歸圓滾滾的貓眼看了看他兒子，笑了一聲，繼續說道：「他從來沒提過蜃還沒死的時候的事，也不提夢澤的事，更沒提起他是怎麼跟帝屋的怨氣湊到一塊的。」

蜃死去之後，夢澤的霧氣又持續了十數年才消散，那個時候，聶深肯定不是剛出生不久的寶寶了。

他說得出自己的名字，還能在無主之地苟活下來，雖然很慘，但同樣證明他有相對的自保能力。

就連晏玄景這種被磨練過的妖怪，扔進去都無數次在掛掉邊緣瘋狂徘徊，半妖能有多慘就更不用說了。

這中間聶深有不少沒說的事，晏歸和帝休出於對帝屋那些怨氣的憂心悄悄討論過，最後還是決定把這半妖稍微往好一點的方向去想。

就當他是被業障遮蔽了心神，忘卻了很多本不該忘卻的東西。

用人類的話來講，就是抑鬱的人感受不到快樂，會忘掉很多美好的事情，被情緒和記憶所蒙蔽。

別的事情先不說，至少要把他是怎麼跟帝屋的力量攪在一塊的這件事套出來。

晏歸看起來大大咧咧，但內心相當謹慎。

尤其如今帝屋的怨念跟著他龐大的力量一起被扣在青丘國，負責看管鎮壓的人可是他老婆！

晏歸確實十分信任自己老婆的能力，但該擔心的還是會擔心。

怨氣這種東西本身就非常難以應對處理。

何況幾千年了，誰知道又有了什麼新的變化。

沒變化的話也不會跟聶深湊到一塊去。

若不搞清楚這幾千年來帝屋的力量到底有了什麼變化，他們寧願直接把那份力量炸了祭天，也不想去多碰兩下。

反正帝屋是不會有意見的。

而如今送到他們面前來的聶深，曾經跟帝屋的力量有過非常親密的接觸，晏歸是多精明的一條狐狸，會放過才有鬼。

於是這才有了他們準備幫聶深做個功德收集機的想法。

林木聽晏歸解釋完，知道兩個長輩心裡有數，於是乾脆地點了點頭隨他們去。

他左手摟著小牛奶糖，右手抱著花準備去找個容器插，結果一轉頭就看到了臺階邊的花盆。

那個花盆裡裝著的明顯是新土，林木不記得自己今早出門之前有把這個搬出來。

「這花盆是你們誰拿的啊？是要用的嗎？」林木轉頭問道。

晏玄景看了那花盆一眼，第一反應就是轉頭看向那個小小隻的告狀精。

「是要用的！是……」小人參剛起了個頭，被晏玄景瞇著眼這麼一盯，嚇得打了個嗝。

林木轉頭看向他，「嗯？」

晏玄景看著林人參，眼神充滿了威脅。

小人參把話吞回去，委委屈屈地說道：「我自己想要的。」

林木看看小人參，又看看那個花盆，點了點頭，上樓到房間裡翻了翻抽屜，把之前買花卉營養劑的贈品水寶寶玩具拿出來泡水。

水寶寶是一種小圓珠，放進水裡就會膨脹成顏色不一的Q彈小圓球，剔透柔軟。

小孩子基本上都喜歡這個，林木小時候也喜歡。

在等待水寶寶泡開的期間，他又找了個還沒來得及扔掉的空礦泉水瓶，剪掉瓶口，把這束小雛菊插了進去。

小小隻的牛奶糖被他塞在帽T口袋裡，只探出個腦袋來，彷彿在思考狗生。

小人參坐在臺階上，聽著晏歸支使秦川把背景音樂換成《二泉映月》，抱著花盆撐著小臉蛋，滿臉都寫著憂愁，覺得這個背景音樂真是十分應景。

林木拿了幾顆水寶寶出來，放到了小人參面前的花盆裡。

小人參一愣，低頭看了看那幾顆剔透可愛的小圓球，又仰頭看看林木。

「好看嗎？」林木問。

小人參戳了戳花盆裡的水寶寶，點了點頭，又變得高興起來，「可愛！」

林木看著林人參抱著花盆鑽進溫室，跟在溫室裡享受的小妖怪得意地炫耀，把牛奶糖從口袋裡撈出來，瘋狂搓揉至棉花糖狀，說道：「不要欺負小人參，幼不幼稚啊。」

被看穿的晏玄景面無表情地看著蹲在林木後面，並對他發出無聲嘲笑的晏歸，半晌，決定撕毀跟他爹之前簽訂的條約，再找帝屋要一份晏歸賣弄風騷釣到八個老公的小影片，回頭打包帶回大荒去。

晏玄景慢吞吞地收回視線，略一思忖，覺得還不夠。

應該再多收集一點中原最近新出現的可愛毛茸茸物種的照片，直接把晏歸送上絕路。

戰場無父子。休怪我狠辣無情！

林木絲毫沒有察覺到這對父子的爭鋒。

他翻了翻心裡的黑名單，說道：「我聽大黑說，你一開始詐欺我時還支使他跟著你一起騙我。」

「……」

晏玄景被林木舉著，沉默對視。

林木看著被他搓揉得全身毛都豎起來的牛奶糖，毫無感情地誦念：「你怎麼這麼壞啊！」

晏玄景面無表情，不敢多說什麼。

林木繼續說道：「你還跟我說挨打可以變強，你打我。」

帝休在那邊聽到了，抬起頭來，不贊同地皺起眉——但隨即又鬆開了。

這不能算錯，挨打的確可以變強。

晏玄景察覺到帝休的目光，心裡拉起了「嗡嗡嗡嗡」的警報，十分冷靜地說道：「晏歸教的。」

被橫空嫁禍的晏歸一愣，想起自己當時看到晏玄景揍林木時並沒有阻止，又想了想自己在晏玄景小時候毫不留情暴打他的行為，一時間竟想不出反駁的話來。

「那教我起飛從跳樓開始呢？」林木問道。

晏玄景毫不猶豫，「晏歸教的。」

帝休和林木的目光齊齊落在了蹲在鞦韆上的那隻弱小可憐又無助的布偶貓身上。

「？？？」

晏歸瞪圓了一對貓眼。

我不是啊！

我沒有啊！

別亂說啊！

明明是晏玄景這小子自己弄錯，怎麼會是我的錯！

晏歸滿心髒話，緊接著後頸一緊，四腳騰空，被帝休的枝條拎了起來。

老狐狸對帝休的手段相當熟悉，他看了一眼湊過來要把他包住的枝條，趕緊踢了踢腿，反身就要跑。

結果還沒落地就被帝休的枝條層層疊疊包了起來。

林木看著包成球的枝條，隱隱約約能聽到裡面喵喵叫的動靜。

林木轉頭看向他爸爸，「這是做什麼？」

「大概是在幻境中被夫人毆打吧。」帝休慢吞吞地答道：「沒關係，他很喜歡這個。」

林木看看爸爸臉上溫柔的神情，總覺得事實應該並非如此。

他捏了捏牛奶糖的臉，小小聲問道：「真的？」

「……」

用腳想都知道不是真的好嗎。

誰會喜歡挨打啊——雖然晏歸的癖好的確有點怪怪的，但閨房情趣也不是真的打好嗎。

看不出帝休溫溫柔柔體體貼貼的樣子，心竟然也挺黑的。

晏玄景沉默了好一會，思來想去，還是昧著良心點了點頭。

晏歸去死晏玄景又死不了。

晏歸怎麼樣又關他晏玄景什麼事呢！

林木將信將疑地點了點頭，跟爸爸打了聲招呼之後，又仰頭看了看發出「喵喵」聲的小球，抱著牛奶糖轉頭走進溫室，把明天要出的貨整理出來。

在林木觀察著晏玄景使用妖力托起花盆，試圖觀摩學習的時候，家裡幾個小妖怪紛紛抱著空花盆湊過來，眼巴巴地看著他。

林木一愣，看了看花空盆裡的新土，「怎麼啦？」

「我……我們也想要那個！」小羞聲如蚊蚋，一句話說完臉漲得通紅，捏著衣角，低著頭不敢看林木。

這幾個小妖怪，除了林人參之外，幾乎從來沒有主動對林木提過什麼要求。

就連互動都十分膽怯，更別說嘗試著要求得到什麼了。

平時有什麼事的時候，幾乎都是由小人參代他們來說。

林木有的時候想到總是躲在溫室裡的這幾個小妖怪，總有種自己十分凶神惡煞的錯覺。

不然這群小妖怪怎麼老是躲著他。

準確來講好像也不是只躲著他，也躲著牛奶糖和帝休。

但秦川就能跟這幾個小妖怪一起快樂玩耍。

可能是因為他不夠幼稚。

林木想著，看著幾個小妖怪手裡的花盆，微微蹲下身來，揉了揉小含羞草的腦袋。

「是想要水寶寶嗎？」林木說道。

小含羞草愣了愣，不明白水寶寶是什麼。

「就是那個小球球。」

「嗯……」小含羞草應了一聲，小小地點了點頭，「對。」

林木把小含羞草手裡的花盆放下，牽著他的小手進了屋，把房間裡這些日子以來囤積的各種顏色的水寶寶全都交給了他。

林木說道：「把這些泡進水裡就可以啦，一般泡個半小時就行了，如果泡久了它們會變形生出小寶寶來。」

小含羞草愣了好一會，「小……小寶寶？」

林木點了點頭，「嗯。」

小含羞草滿臉驚嘆，小心翼翼地捧著那幾袋小圓珠，轉頭「咚咚咚」地下了樓。

林木看著他跑下去的背影，呆了好一會，然後露出個小小的笑容來。

水寶寶泡久了會生出小寶寶這個說法，當初還是媽媽說給他聽的。

當時他的反應跟小含羞草幾乎一模一樣。

林木站起身來，看了一眼床頭櫃上立著的照片，想了想，把相框打開，把裡面自己跟媽媽的合照拿出來，夾進相簿裡，又從相簿裡取出了一張自己小時候的單人照，從抽屜翻出剪刀來。

他把自己剪下來，抱出了所有相簿，翻找了好一會，挑了一張爸爸和媽媽的合照出來，把自己黏了上去。

林木不愛拍照，每次媽媽要幫他拍照的時候都答應得十分勉強，以至於幾乎每張照片上，他都是一臉不情不願不高興的表情。

背後的爸爸正溫柔而專注地注視著媽媽，媽媽對著鏡頭笑得燦爛而明亮。

林木小心地把自己黏上去，黏好之後左看右看，怎麼看都覺得自己一臉不高興的樣子相當不和諧。

活像是個硬生生插足在爸爸和媽媽中間的第三者。

這就算了，這個第三者在畫面裡活像個吃飽了醋而不高興的大醋缸。

林木小聲嘀咕了兩句，等膠水晾乾，把照片放進了相框裡，輕輕合上。

「反正也沒辦法退貨，就接受我當個第三者吧。」林木把相框放到床頭，欣賞了好一會，這才心滿意足地下了樓。

有一根帝休的枝條輕飄飄地落在窗臺上，正站在鞦韆旁邊跟秦川小聲說話的帝休微微一頓，垂下眼露出一個淺淡又極盡溫柔的笑容。

他眼中像是透著一股璀璨的水光，在日光之下宛若揉碎的鑽石。

風掠過院子，擦過樹梢，「沙沙」的響動中隱約可以聽見一聲微小的嘆息。

秦川仰頭看著帝休，晃了晃鞦韆，說道：「笑得這麼好看你是不是對我有意思。」

帝休聞言，輕飄飄地瞥了他一眼。

秦川聽到幾聲虛弱的貓叫，看了一眼那邊搖搖晃晃裹成球形的枝條，抬手摀住了自己的嘴。

金秋九月，秋老虎來勢洶洶。

人類這一方磨蹭了將近兩個月，最終還是選擇接受了晏歸的提議，由他們將那個聲明影片發布出去。

林木挑挑揀揀，把家裡幾盆生長得相當不錯的秋菊送給了老客戶。

最後猶豫再三，跟爸爸商量了一下，同樣送了兩盆去給兩個舅舅，也算是稍微做了一點人情往來。

還有一些品種比較普通也賣不了幾毛錢的，林木乾脆搬了幾盆到辦公室。他在徵求了吳歸和大黑的意見之後，在辦公室裡擺了一個花架。幾扇窗戶的窗臺外也擺上了懸吊盆栽，一個月下來全都漫出花盆外，嘩啦啦地垂成了一片生機勃勃的流蘇。

「我今天帶了幾盆秋菊過來！」

林木一邊打開辦公室的門一邊說著，剛把布袋裡的幾盆秋菊拿出來，準備搬到窗臺邊的花架上，就聽到了敲門聲。

最近吳歸的心情頗為不錯，因為他兒子拖了這麼多年的傷勢終於有了恢復的跡象，天天哼著一些林木聽不懂的曲調，紅光滿面，都不用什麼玄學判斷，整個人就是肉眼可見的有好事發生。

吳歸上前去開了門，看到門外站著的小女生之後頓了頓。

小女生看起來十分緊張，她拿著筆，帶著點膽戰心驚的模樣，小心翼翼地看了吳歸一眼，又迅速收回視線，說道：「我我我……我是來例行調查的。」

「來調查的啊？」

大黑說完，探頭看了一眼被他突然出聲嚇得一顫的小女生，嘀咕：「今年怎麼派了個這麼膽小的過來。」

吳歸確認了一下小女生的工作證件，思考著她既然這麼膽小，那就讓林木負責好了。

「林木！」

剛把花盆放上花架的林木回過頭，「怎麼了？」

吳歸向他招了招手，「你過來，陪這小女生去做一趟調查。」

「調查？」林木茫然了一下，「什麼調查啊？」

「就每年一次，調查這附近的十幾座山頭。主要是確認一下那些沒有進入人類社會生活、躲在山裡的妖怪有哪些，沒登記戶口的記下來讓他們登記，已經登記卻沒找到的當作失蹤人口處理，統計一下有多少。」

林木點了點頭，懂了。

其實就是去統計一下需要除戶的妖怪有多少吧。

畢竟已登記的戶口要持續管理，但妖怪的死亡很多時候都比較猝不及防，而且基本上都是被吃了，自然不可能還會來做什麼除戶手續。

林木洗乾淨手，接過大黑遞給他的資料，轉頭出了辦公室，跟人類那邊派來監察統計的小女生打了聲招呼。

「妳好，我姓林，是個半妖。」

「哎？」小女生一愣，點點頭，跟林木握了個手，依舊十分緊張，「你好你好，我姓陳。」

林木對她笑了笑，轉頭攔了輛計程車。

從辦公室到山裡開車也需要四十多分鐘，林木看了看這女生背了個大背包，知道這種統計工作大概跟去野外一樣困難又累人。

「你們怎麼這個時候進山啊？」計程車司機奇怪地問道：「最近這幾天山裡一直有霧，不安全。」

林木一愣，摸出公所辦事處人手一份的地圖，展開看了一眼，發現代表聶深的標記停留在了A市。

他收好手裡的地圖，說道：「就是因為有霧才好看嘛。」

司機嘀嘀咕咕幾句「年輕人……」之類的話，被林木喊了聲「停車」。

林木下車去買了顆西瓜。

正如司機所說，他們剛付完車資下車，一抬頭就是一片朦朦朧朧的霧氣。

當初由大黑他們布下、籠罩著這十幾座山頭的陣法並沒有撤去，因為山裡有不少妖怪，在聽說大荒已經安全之後也並沒有回去的打算，準備直接在中原定居了。

妖怪數量嚴重超標，陣法既然布下了，乾脆就沒有再收起來。

現在他們要循正規管道出入山裡，都要找看守陣法的人登記一下，從陣法的入口進去。

林木把手裡的東西都放進小布袋，在前面帶路。小女生跟在他後面，從背包裡掏出一堆亂七八糟的儀器，剛一打開，儀器就「嗡嗡嗡嗡」地發出了尖銳的警報。

林木被嚇了一跳，轉過身看向她，指了指那些儀器，「怎麼回事？」

小女生慌亂地關掉儀器，欲哭無淚，「是危險程度的警報——這霧氣有問題。」

「嗯。」林木點了點頭，問她，「妳第一次出外勤啊？」

小女生看起來嚇得不輕，點了點頭，「……對。」

「沒關係的。」林木這麼安慰了一句，轉頭看了看那些霧氣，穿過一片稀疏的樹林，看到了一棟搭建得十分簡單的林間小屋。

他們走進去登記。

看守陣法的人類說道：「山裡的霧氣是前兩天突然出現的，目前來說沒有什麼異常，也沒有山裡的妖怪跑出來求助，但情況還是未知，你們小心一點。」

林木點點頭，轉頭看了一眼緊張兮兮的小女生，提議道：「要不……我自己去？」

小女生一愣，猶豫了兩秒，還是搖搖頭。

林木轉頭倒了杯溫水給她，「那妳先冷靜一下……妳現在這麼怕不太好，有一些小妖怪最喜歡嚇唬妳這種膽小的人了。」

小女生接過這杯水，愣了好一會，似乎真的平靜了很多。

她喝完了水，重新背起了背包。

他們往山裡走了一段，有幾個認識林木的小妖怪遠遠看到了他，便高高興興地跑了過來。

林木拿出需要記錄的文件，詢問他們最近山裡發生了些什麼事。

等到問完了，又給這群小妖怪一人發了一顆糖。

小女生被他這一串動作搞得一愣一愣的，跟在他旁邊小小聲地問道：「妖怪都是這樣的嗎？」

林木一邊劃掉文件上的名字寫上備註，一邊問道：「妳以為是什麼樣的？」

「以前來出外勤的前輩說，這裡的妖怪都很倨傲，而且對人類很不友好，但我覺得還好欸……」

「嗯。」林木點了點頭，「這麼說其實也沒錯。」

只不過有他在就不一樣，這裡的很多小妖怪都透過小人參受過他的恩惠——他們剛種靈藥的那段時間，小人參三不五時就拿著靈藥進山裡，幫助他的那些小伙伴和老樹朋友。

沒受過恩惠的，也幾乎都因為晏玄景而認識了他。

「因為人類對妖怪也並不怎麼好嘛。」林木說道。

小女生跟在林木後面，也拿出了自己要登記的文件，一邊打勾一邊好奇地問道：「你剛剛說你是半妖啊。」

林木點了點頭，「對啊。」

「我聽前輩說半妖在人類和妖怪兩邊都容不下。」

「這個嘛……看運氣。」林木說道：「我運氣很好，但我認識一個運氣不好的。妳看到這片霧氣了沒？」

小女生點了點頭。

「這片霧氣就是那個倒楣鬼。」林木話音剛落，就揚聲喊道：「聶深！」

林間的霧氣驟然翻湧起來，沒過幾秒，就讓出一條道路來給他們。

這條路上的一些枯枝和碎石都被清理得一乾二淨，更不用說是那些垂落的荊棘和有著細刺的植物了。

林木看著這條道路，有些驚訝。

聶深打從上次跑了之後就一直沒有回來，這段時間搞出來的事倒不少，不僅幹了一些阻止爭端的事情，偶爾也能夠在一些自然災害的地方捕捉到他的蹤跡。

也許是發現了功德的好處，在那個為他打造的組織問世之後，他也有意識地留下了屬於他的蹤跡，以此來證明這些事情是他做的。

林木對這些東西其實沒有什麼實際感受，也根本沒有考慮過再次見到聶深的時候他會有什麼變化。

因為當初晏歸就說了，聶深這個半妖就跟頭倔強的驢子一樣，一條腸子通到底不會拐彎，如果功德的力量不能讓他回想起什麼，那這半妖八成就是廢了。

但現在的情況似乎並非如此。

林木邁開步伐往前走，小女生跟在他後面，近乎驚嘆地看著這神奇的畫面。

林木順著霧氣留出來給他的路，在一面峭壁邊找到了聶深。

聶深坐在峭壁旁，看著下面那一片被霧氣籠罩著的平緩坡地發呆。

察覺到林木來了，他轉過頭，先是看了一眼林木，然後目光輕輕掠過跟在林木背後的人類。

那目光空洞迷茫而冰冷，就像是在看一隻不值一提的螻蟻。

小女生大退幾步，不敢再往前了，找了個看起來安全的地方坐下來，跟聶深隔得老遠。

林木沒說什麼，他倒是覺得聶深整個人都變好了不少。

——這個好，大概體現在他身上那股令人有些不適的陰沉消散了很多這一點上。

他依舊跟世界有些格格不入。

但比起那一身陰沉沉、讓人看了就忍不住避開的樣子，現在這種疏離感已經好了許多了。

林木幾步走到聶深旁，把半路上買的西瓜從布袋裡取出來，徒手掰開西瓜，又拿了兩支湯匙，把西瓜分了一半給聶深。

林木挖了一勺，看聶深學著他的樣子也挖了一勺，一邊吃西瓜一邊問道：「看起來你好像有些收穫？」

聶深一頓，點了點頭，目光從西瓜上挪開，看向了下方被霧氣籠罩的山林。

白霧濛濛連綿成一片，被風推著輕柔地飄蕩，山林的綠色便從這些淺淺的霧氣中透出來，可以窺見其中幾個水澤的痕跡。

「我想起了一些東西。」

他看著峭壁之下的畫面，眼睛一眨也不眨。

「想起了一些本來不該忘記的東西。」

他終於想起來，偶爾試圖回憶些什麼的時候，被層層血色浸透遮擋的最底下，是怎麼樣溫柔而絢爛的色彩。

他想起夢澤的天與水是同樣剔透的顏色。

想起鸞鳳掠過天際時，燃燒的尾羽會不小心擦破濛濛的霧氣落進水裡，化作水底之火，安靜而瑰麗地躍動不息。

想起他跟在母親身後蹦蹦跳跳地走著，被調皮的藤蔓絆倒的瞬間，就會跌進一片綿軟的白霧之中。

然後會有人輕輕拍拍他的頭，溫柔地輕聲哼唱著歌謠。

告訴他，不痛不痛。

第二十三章

Public Office of Non-human Affairs

聶深記憶之中的那些顏色顯得有些模糊，但零碎的幾幅畫面卻十分清晰而深刻。

像是破開霧氣窺見了一縷真實，被漫長的苦痛所遮蔽的溫柔便異常明晰起來。

聶深隱約能夠明白自己為什麼會抱有對人生不公的疑惑和質問了。

——恐怕正是因為曾經擁有過那樣的記憶，在溫柔與安全被撕裂之後，發覺了這世界的真實，才會產生那樣的疑問。

若是從一開始就出生在最混亂的地方，自然順理成章就會接受那裡的規則，又哪會有這樣的疑惑呢？

會有那樣的想法，是因為他曾經擁有過與之截然不同的溫柔。

只是後來太痛了。

太痛了，還不得解脫。

所以他選擇將曾經的那些一點點忘記，藏在一層一層漫長而厚重的血色之下，就彷彿從未擁有過。

聶深注視著峭壁之下的山林。

山林之中蒸騰著霧氣，真實的景象在淺白的濛濛水霧之中若隱若現，像極了記憶之中身披白霧的柔和背影。

林木吃著西瓜，順著聶深的目光看向了他視線所及之處，半晌，問道：「很像夢澤？」

聶深一怔，看向林木，微微皺起眉來，「你知道？」

「？」林木有些疑惑，「我們都知道啊，有查過你的資料。」

聶深聽他這麼說，有些怔愣，「我有什麼資料？」

「關於你的話，其實也沒有什麼。」林木答道：「主要是查到了你媽媽，如果不是偶然查到了她，我們都不知道還有你存在。」

「……我媽媽？」聶深下意識重複念道，下一秒又浮現出些許茫然和痛苦，過了許久才平靜下來，問道：「我媽媽……是誰？」

「？」

林木挖瓜肉的動作一頓，轉頭看向聶深，愣住了。

兩個半妖對視半晌，林木終於意識到這麼多年來，被聶深自己親手埋藏的記憶恐怕遠不只一丁點。

林木想了想，說道：「我也不知道你想起來多少了，不過你母親的話，她的名字是蜃，好像就是用自己的種族來命名的——就我瞭解的資訊來看，她應該是個很好的妖怪。」

準確來說，林木覺得蜃應該是個非常溫柔的妖怪。

因為鸞鳳將她所知道的蜃記錄下來，四處都是溫暖的痕跡。

在那一份資料裡，鸞鳳自己畫了一幅夢澤的畫。

雲霧蒸騰的水澤林間，每一個角落都美得堪稱仙境。

能夠留在夢澤之中的妖怪很少，全都是性情溫和不喜爭鬥的類型，剩餘的大多都是一些普通的動物。

在大荒，夢澤就是一片毫無爭端也並無衝突的世外桃源。

夢澤的主人願意庇祐走投無路闖進來的弱小妖怪，在他們表露攻擊性之前，都不會把他們趕出去。

怪。

她還願意接納一些虔誠乞求，想要與已經死去的親朋好友見上一面的妖將那些妖怪放進夢澤，收下那些對她而言並沒有什麼用處的所謂貢品，然後讓他們心滿意足安然地出去。

「她一定是個很好的妖怪。」

甚至在大荒，她絕對是最為仁慈善良的那一個了。

林木這樣想道。

聶深安靜聽著林木說完，沉默地看了許久峭壁之下的霧氣，低頭挖了一勺瓜肉，放進嘴裡。

甜膩的水分在嘴裡炸開。

他瞇了瞇眼，含混著說道：「我不記得了。」

他仔細回想了許久。

他想起那道身披白霧，在水澤間款款而行的背影，恍惚了好一會，又開口說道：「我記得她。」

林木點點頭，「總會慢慢想起來的嘛。」

聶深低頭吃西瓜。

兩個半妖沉默地把西瓜吃完，往旁邊一放，幾縷霧氣淌過來把西瓜皮取走。

「問你一件事。」林木看著消失的西瓜皮，說道。

聶深偏頭看他。

「關於帝屋的力量，因為帝屋將自己的怨氣剝離到力量上了，你當初帶著他的時候，有什麼不對勁的地方嗎？」林木問：「你記得嗎？」

聶深微愣，眉心微攏思考了好一會，不確定地說道：「他……想來中原，大概。」

林木一愣，「怎麼說？」

「他在找什麼東西——大荒裡沒有。」聶深說得有些跳躍和不確定，「是他告訴我天帝更重視中原的，也是他告訴我中原跟大荒的通道位置的。」

林木想起剛見到聶深的時候，他的說法是：聽說天帝很重視中原。

在聶深之前那種狀態下，這個「聽說」的源頭本身就很值得懷疑。

林木還在思考是怎麼回事，便又聽聶深說道：「不過因為帶著他的話過於顯眼，所以我把他丟下自己過來了。」

幹得好！

林木得到了這個答案，自己也想不出什麼名堂來，把這件事記起來之後，就決定扔給長輩們去琢磨。

他拍拍屁股起身，準備帶著後面的小女生繼續去做戶口統計。

看起來聶深現在這個狀態還挺好的，不至於出什麼事，他也就放心了。

聶深卻抬頭看了他一眼，跟著站了起來，「你要去做什麼？」

「工作。」

林木稍微解釋了一下這份工作，看了一眼山林間密布的霧氣，問：「你這樣，是不是山裡發生什麼了你都知道啊？」

聶深搖了搖頭，「不去注意就不會知道。」

林木想了想，把自己帶來的文件打開，準備讓聶深幫個忙，他招呼躲在旁邊的小女生過來。

聶深掃了那個小女生一眼，看得她脖子一縮，藏在了林木身後。

聶深問：「為什麼要帶人類來？」

林木嘆了口氣，「要監管嘛，不能讓妖怪單方面弄，萬一資料造假怎麼辦。」

聶深看不上弱小的人類這件事他也習慣了，只不過得委屈一下小女生了。

「你應該找山神。」聶深說道。

林木搖了搖頭，「山神膽子很小，他就只跟晏玄景見面。」

其實還有別人，但都是一些乖巧無害的小妖怪，山神沒事最喜歡找他們打牌。

但是自從大荒來的妖怪越來越多，搞得山神焦頭爛額之後，山神就不太在別人面前出現了，只會偶爾跑出來找晏玄景進山裡去，打打牌讓九尾狐露個臉，壓制一下那些試圖作亂的妖怪。

聶深剛回來兩天，也不清楚是什麼情況，乾脆幫林木核對起來。

小女生站在一邊，看看這個又看看那個，忍了忍，沒忍住，小聲說道：「確認死亡是要收集死亡證據的。」

林木和聶深齊齊一愣，轉頭看向小女生，「死亡證據怎麼收集？」

「殘骸、魂魄或者是目擊者。」小女生嚴謹地說道。

聶深微微偏過頭去，「大荒的妖怪不會留下殘骸和魂魄，也不會剩下目擊者。」

小女生一愣，「為什麼？」

「因為別的生靈血肉和魂魄對於妖怪來說其實都是食物。」林木解釋道：「目擊者同理。」

所謂的目擊者，就是目睹事件發生之後自己卻沒有事情的親身經歷者。可是在大荒的妖怪眼裡，目擊者是不可能存在的。

「基本上不會有，會躲在旁邊看完全程的，不是準備撿便宜的黃雀，就是被相爭兩方裡強的那一個盯上了跑不掉。」

小女生聞言，臉色白了白，抿著唇不知道該說什麼了。

其實以前還好，沒有殘酷到這種程度。

但青要山這一行山峰裡，如今數量眾多的妖怪，十個裡有九個是從大荒來的。

他們是因為弱小而被驅趕出家園，不得已選擇到中原來。

在大荒，他們算是很弱的那一群，但來到中原，他們就是落入羊群之中的豺狼虎豹了。

倒不是說他們力量多強大，而是他們遠比中原長大的妖怪凶戾，作風更加血腥剽悍。

雖然中原的妖怪也不講究什麼人類的道德規矩，但到底還是不如廝殺著長大的大荒妖怪。

要不然山神也不會焦急得像顆陀螺，生怕有強一點的妖怪鬧起來，炸個山頭什麼的也就是動動手指之間的事。

「不過也不一定。」林木看了看周圍，說道：「沒有妖怪的目擊者，不是妖怪的應該有不少。」

林木指的是那些生出了靈智卻還沒有成妖的草木。

小人參曾經帶他確認過，林木一邊回想著，一邊轉身往前走。

小女生跟在他後面也邁開了步伐，聶深看著他們的背影，目光最終落在了那個小女生身上。

這個人類出乎意料的警覺，彷彿背後長了眼睛似的，握了握背包的肩帶，幾步跑到了林木身旁。

簡直就像一隻跟在媽媽屁股後面試圖尋找安全感的雛鳥——但她膽子實在太小了，連主動出聲都不敢。

聶深面無表情地看了好一會，抬起腳跟了上去。

林木轉頭看了一眼慢吞吞跟在他們後面的聶深，說道：「你別嚇唬人家。」

聶深可有可無地應了一聲，收回視線，幾步追上了林木，說道：「再說一些我母親的事。」

「我知道的也沒有很多啊。」林木有些無奈，「你不如去問晏玄景——不過我覺得晏玄景知道的也不多，你不如考慮去找一找那個把蜃記錄下來的鸞鳳。」

聶深覺得有道理，「有鸞鳳的消息嗎？」

「我回頭幫你查查。」林木覺這個很好解決，「記錄在這裡，代表她肯定來過中原，跟這邊有過接觸。」

聶深剛要點頭，就瞥見一直跟在他們身邊的那個小女生緊張得眼睛都瞪得圓滾滾，手裡的手機螢幕剛剛熄滅，臉上還帶著幾分焦急。

聶深微微瞇了瞇眼，身形驟然消散，與周圍的霧氣融為了一體。

但在他消失之後，小女生的緊張也沒有褪去多少。

聶深收回視線，藏在霧氣裡，跟在他們身邊。

察覺到自己身上的視線不見了，小女生心中鬆了口氣，抬手捏了捏自己的耳垂努力放鬆。

過了好一會，她才湊到林木旁，小聲問道：「那個……你們剛剛說的鸞鳳，是什麼啊？」

林木答道：「是一種妖怪。」

「你們調查她做什麼啊？」她問。

「沒什……」林木話剛起了個頭，聶深便倏然出現在小女生身邊，手搭在對方肩上按住她，把她手上的手機抽出來，低聲問道：「妳跟鸞鳳是什麼關係？」

林木一愣，發出一聲短促的疑惑，「什麼？」

聶深把手機塞給了林木，林木看了一眼，發現正在通話中，上頭顯示的名稱是「媽媽」。

小女生顯然沒料到會有這樣的情況，她愣了兩秒，原本拿著手機的手縮了縮，仰頭看向扣著她肩膀的聶深，半晌，吸了吸鼻子，「噫噫嗚嗚」地哭了出來。

面對一個哭泣的小女生，聶深不為所動。

他臉上神情毫無波動，重複問道：「妳知道鸞鳳，妳跟她是什麼關係？」

林木看了看小女生，又看了看聶深，開口說道：「你輕點。」

聶深聞言，微微偏過了視線。

「會痛。」林木提醒道。

聶深似乎有些不解，但還是微微鬆開了些力道，「她痛不痛跟你有什麼關係？」

「萬一她是鸞鳳重視的人類呢？」林木說道，拿起手機在小女生面前晃了晃，乾脆對電話那頭問道：「你好？」

電話那頭沉默了兩秒，還是傳來了應答：「你好。」

是一位女性，聲音十分平和清越，聽起來只讓人覺得非常的舒服。

小女生抽噎的動靜一停。

林木看了一眼聶深，又問道：「我們沒有惡意，請問妳是陳小姐的……」

「我就是鸞鳳。」

對方出乎意料的乾脆，直接開門見山，「你們要找我？」

林木和聶深一頓。

林木看了看名稱的「媽媽」兩個字，又看了看正吸著鼻子眼淚汪汪的小女生，遲疑了一瞬，說道：「我看起來……陳小姐應該是個人類？」

「這不關你們的事。」電話那頭的鸞鳳說道：「你們是誰？」

林木抬頭看了一眼聶深，問：「先確認一下，妳……您是從夢澤裡出來，將蜃寫入記錄裡的那位鸞鳳嗎？」

電話那頭沉默了許久，才輕聲說道：「是我。」

「那太好了。」

林木微微鬆了口氣，「您還記得蜃的孩子嗎？如果他的記憶沒出錯的話，名字應該是叫聶深。」

林木話音剛落，電話那頭就傳來一陣「叮鈴匡啷」的混亂聲響，似乎是有什麼東西被撞倒了。

鸞鳳的聲音帶著幾許輕顫，小心翼翼地問道：「那孩子還在嗎？」

「在。」林木說道，乾脆地將手機交給了聶深。

聶深拿到手機愣了好一會，才把手機舉到耳朵邊，眉心微擰，半晌也沒說出點什麼來。

林木看著他這副如臨大敵卻又有點不知所措的樣子，決定給聶深留點空間，轉身輕推著小女生離開了這裡。

小女生已經不哭了，但還在吸鼻子。

她往前走著，帶著未褪的哭腔說道：「那是我的手機。」

「聶深等一下會還妳的。」林木說道，他又仔仔細細打量了一遍這個小女生，感到有些奇怪，「妳怎麼看也不像是妖怪啊。」

膽子那麼小，還是隸屬於人類那邊的公務員，見到個妖怪就跟老鼠見到貓似的，往妖怪聚集的山裡走，還要依賴人類開發的機器來探查。

怎麼看都是個普普通通的人類。

小女生低聲嘟噥：「我爸爸是人類。」

「半妖？」林木一愣，「半妖怎麼會沒被發現？」

小女生握了握背包的肩帶，「我想陪爸爸一起變老，所以媽媽暫時把我的妖怪血脈取走了，等爸爸走了再放回來。」

林木聞言，點了點頭。

他的確聽過有這種手法，只不過真要實行起來十分困難，需要很長的時間和相當精細的控制。

「這樣啊。」林木點了點頭，有點羨慕，「真好。」

小女生被他這話說得有點困惑，轉頭看向林木，眼睛還有點泛紅，含混道：「什麼真好？」

「能跟爸爸和媽媽在一起啊。」林木說道。

如果當初爸爸沒有出事，他應該也會想要這樣做。

不然放媽媽一個人變老也太寂寞了。

林木一邊想著，一邊尋找著之前小人參帶他去見過的那些已經開了靈智的樹。

小女生跟在他身邊，小心地看他兩眼，低頭看看路，又小心翼翼地看他兩眼，囁嚅著問道：「你爸爸媽媽不在了嗎？那個聶深也是嗎？」

林木對她笑了笑，沒有答話。

小女生低下頭，專心地看著眼前的路，沉默了好一會，又開口說道：「其實我知道蜃，打電話給媽媽也是因為聽到你們提起了蜃。」

林木一頓。

「媽媽說，蜃是個很好的大妖怪。她當初還是顆蛋的時候被別的妖怪從窩裡偷了出來，後來那些妖怪打起來了，她掉進夢澤裡，蛋殼碎了，一出生就先天不足。是蜃救了她，還給了她棲身之地，讓她能夠好好成長起來。」

林木安靜地聽著，又聽小女生小聲問道：「那個聶深……是蜃的孩子，他過得不好嗎？」

「具體我也不太清楚，也許妳可以自己去問問他——或者是問問妳的母親，當初發生了什麼。」林木說道。

小女生應了一聲，不再說話了。

鸞鳳經常跟她講當年夢澤的事，但對於夢澤之外的大荒始終諱莫如深。她總是千叮嚀萬囑咐告訴女兒，遇到了妖怪一定要小心小心再小心，如果是遇到了大荒來的妖怪，就直接用法寶逃命。

在小女生眼裡，媽媽幾乎是無所不能的。

正因為無所不能的媽媽反覆耳提面命，她在妖怪面前才會這樣膽戰心驚。

但媽媽也總是會說起那個溫柔而仁慈的大妖怪。

蜃在小女生的心裡，是一個極其完美、童話般的形象。

溫柔，瑰麗，強大，寄託了所有她對於美好的幻想。

現在這個最美好的幻想的孩子出現在她眼前了，而且看起來情況有些不太好。

蜃死了，她知道。

蜃的孩子身為一個半妖，不管是不是在大荒，恐怕都不會多好過。

她低頭看著地面，想著前輩偶爾提起的半妖處境，想起媽媽反覆提及要當心妖怪，想起剛剛林木和聶深理所當然地說著妖怪吃妖怪的事情，心裡有些難受。

林木只覺得小女生有些沉默，也並沒有太往心裡去。

他好不容易找到了幾棵樹，詢問過情況之後，把文件的表格打上了一大堆勾。

山間發生的事情，除了瞞不過山神之外，也瞞不過這山間的草木。

林木聽著一棵老桃樹對他抱怨：「最近霧氣太重了，雖然那個妖怪來了之後山裡平靜很多，但是霧氣這麼重真的不適合我們生長啊……」

林木摸了摸老桃樹的樹枝，正中午樹枝上還一摸就是一層溼漉漉的水珠。

老桃樹還在抱怨：「他又聽不懂我們講話，林木你能不能幫我們告訴他，至少中午到晚上這段時間別這麼弄了，這樣下去我感覺明年都要結不出果實了。」

「好。」林木點了點頭。

「不過也別怪他，他來了之後山裡一些妖怪說晚上鬧鬼，又摸不清虛實，就不太敢鬧事了。」老桃樹說著，抖了抖一樹的水珠，老氣橫秋的模樣，「這點你要誇誇他。」

林木一邊應著，一邊為小女生遮住滾落下來的水珠。

小女生低聲說了句「謝謝」。

老桃樹停住了抖動，他龐大的根脈嗅到了幾絲熟悉的氣息，提醒道：「你家那個九尾狐來啦。」

林木輕「咦」一聲，把手上的文件收好，轉頭四顧，在一片薄霧中找到了晏玄景的身影。

他一身玄色的長袍，劃破了白濛濛的霧氣，緩步而來。

小女生對於這種出場稍顯詭異的人物產生了十二萬分的警覺。

她轉頭問林木：「那是誰？」

「嗯……」林木想了一下用詞，答道：「家屬。」

小女生一愣，「咦？」

林木又說道：「男朋友。」

小女生臉一紅，低下腦袋不說話了。

林木看著晏玄景走過來，有些疑惑，「你怎麼來了？」

「大荒有信過來。」晏玄景答道，他的目光輕飄飄地掠過那個小女生，揚了揚手裡的信件，「聽說你要找山神。」

林木先是點了點頭，又問：「你聽誰說的？」

「在這等著。」晏玄景沒回答林木的話，左右看看，轉頭循著氣息找山神去了。

——實際上，他是從小人參那裡知道這件事的。

但並不是林木有事找山神這件事。

而是他正在屋頂上懶洋洋晒太陽時，小人參邁著小短腿衝進院子，急匆匆地大聲喊了一句：「林木在山裡跟一個人類女生約會！」

據說是山裡一朵小雛菊告訴他的。

而小雛菊又是從杜鵑花那裡聽來的。

杜鵑花又是聽一株山茶樹提起的。

晏玄景倒是不覺得這件事有多少真實性，他自問對林木的瞭解雖然不是多透徹，但很清楚林木不會幹劈腿這種事。

不過晏玄景還是來了，出於某種不可說的醋意。

林木若有所思地看著晏玄景的背影，抬手拍了拍老桃樹，問道：「你們是不是背地裡悄悄在說什麼？」

老桃樹抖了抖枝條，「我聽那些小傢伙說你劈腿了，九尾狐過來捉姦……什麼的。」

林木：「……」

你們這些樹怎麼這麼八卦。

是太陽不好晒還是露水不好喝。

小女生眼看著晏玄景走遠了，放鬆了一些，小聲問道：「他是去做什麼了？」

「找山神。」林木答道：「山神對山裡的事情瞭解得比較多，只不過不愛出現在人前，我是找不到的。」

晏玄景帶著山神回來的時候，下意識將林木拉到了自己身邊，把他跟小女生用山神隔開來，心裡那些不愉快終於消去了一點。

林木看了看山神，發現他一副迷迷糊糊沒有睡醒的樣子，連走路都搖搖晃晃的。

林木扯了扯晏玄景的衣袖，「這是怎麼了？」

「這幾天沒見陽光。」晏玄景答道。

不見陽光的天氣裡，山神就會比較沒有精神一些。

「我沒事。」

林木看著山神這麼說完，迷迷糊糊地接過了他手裡的文件和筆，像喝醉了一樣，擺了擺手，十分豪邁地說道：「問題不大！穩住！」

話音剛落，整個神就撲倒在地上，「呼嚕嚕」地睡了過去。

晏玄景：「……」

小女生：「……」

「？」

林木把落在地上的東西都撿起來拍掉泥巴，轉頭看看狐狸精，「我覺得穩不住？」

晏玄景掀了掀眼皮，抬手往霧氣裡一抓。

周圍的霧氣驟然翻滾咆哮起來，就像是快轉鏡頭下的退潮一般，籠罩著青要山十幾座山頭的霧氣以肉眼可見的速度漸漸退卻。

陽光重新鋪灑在山林間，林木幾乎可以聽見草木愉悅的歡呼聲。

聶深拿著手機，被晏玄景直接從霧氣裡抓了出來。

狐狸精慢條斯理地收回手，對於從晏歸那裡新學來的小把戲相當滿意。

聶深似乎還有些沒反應過來。

他愣了好一會，將手機交給了小女生，看了看坐成半個圈的這三個人，遲疑了一下，上前去把缺少的一邊補上了。

山神掙扎著醒過來，看著眼前這幾位，茫然了兩秒，一拍手，「可以湊一桌麻將了。」

「我們不是來打牌的。」

林木也聽晏玄景說過山神的癖好，率先開口說道：「我們來做定期調查。」

山神恍恍惚惚回過了神，拍了拍自己的腦袋，嘀嘀咕咕地接過對方手裡的文件和筆，開始回憶起來。

林木看著那邊正在跟山神核對情況的小女生，往晏玄景身邊挪了挪，湊到他耳邊小小聲地說明一下聶深回想起了一些東西的事情。

林木說道：「剛剛我們聯繫上鸞鳳了。」

聶深坐在一邊發呆，聽到他們的對話提及自己，才緩緩回過神來，將目光看向晏玄景和林木。

「鸞鳳約我過兩天見面。」聶深說。

「在哪見？」

「就在這裡。」聶深說完又閉上嘴，目光落在小女生身上，微微皺著眉，試圖從她身上想起點什麼來。

等到山神跟小女生核對結束時，天色已經暗了下來。

有山神幫忙的效率非常高，哪怕是提起要去現場看一看，山神也能直接帶著她瞬間到達目的地，再用儀器一查，基本上就八九不離十了。

這種調查本來是預期一到兩個星期才會完成，現在一整天下來就結束了，讓人有種不真實感。

小女生看著手上的文件，撓了撓頭，感覺可以自己偷偷放個假。

幾個非人類把小女生送到了市區，提醒道：「鸞鳳過兩天會過來。」

「咦？好的。」

小女生點了點頭，又看了看走在他們後面的聶深，猶豫了好一會，還是一咬牙，從包裡翻出了一個小小書本形狀的墜鍊，大步走到聶深面前。

聶深下意識後退兩步，然後又覺得這種退縮的行為相當丟臉，於是停住了腳步。

小女生把那個墜鍊給了他，悶悶地說道：「給你。」

聶深接過墜鍊，一抬眼就看到小女生轉頭快步跑著離開了。

林木看了一眼對於人家小女生的舉動毫無波動，只是低頭自顧自翻看手裡那個墜鍊的聶深，上前告訴他把這個墜鍊的釦子打開。

聶深點了點頭，跟在林木他們背後回到了院子。他留在院子外，看著手裡的墜鍊，猶豫了好一會，還是拉開釦子，把那個小小的書本打開。

一幅龐大的畫卷驟然在他眼前展開。

水澤與天幕都是碧青的顏色，陽光落在水霧之上暈出數道巨大的彩色霞光，草木隱約可見，池底靜靜燃燒著一些本該與水不容的鮮紅火焰。

還有鶴與鷺站在沼澤邊悠然昂首，諸多水鳥停在水邊的蘆葦裡，將頭埋進羽翅之中安靜休憩。

鸞鳳展翅劃過水澤之上的天際，成為這一片通透如同翡翠一般的夢澤之中最為豔麗的顏色。

更近處的大澤邊，蘆葦與淺淺的茂盛灌木肆意地生長，那裡有一個殘破的渡口。

渡口上站著一道身影。

她長髮如瀑，披著白霧，微微仰起頭看著劃過天際的鸞鳳，面目模糊，幾乎與這一片如畫般的夢澤揉成一體。

聶深怔愣地看著這幅畫面發起了呆，直到林木左手一隻布偶貓右手一隻小狐狸，頭上還掛著一條龍跑出來，他才倏然合上了那個墜鍊。

林木把聶深說的關於帝屋那點怨氣的事情告訴了爸爸和晏歸，順便也撥通了帝屋的電話，同時告訴了他。

晏歸毫不顧忌形象地舔著腳，問聶深：「跟你確認一下，你記得你是怎麼跟帝屋搞上的嗎？」

秦川生氣地翹起尾巴，「什麼叫搞上！你有沒有好好學過國語！」

「閉嘴。」晏歸一掌把他從林木腦袋上拍了下去，轉頭看向聶深。

聶深回憶了好一會，「是他找上我的。」

「他？主動找你？」晏歸問。

聶深點了點頭，「我從崑崙虛回來的路上，聽到有人問我想不想去見天帝，說他可以幫我，然後我順著指引，找到了帝屋。」

準確來講，是帝屋的力量和怨氣。

晏歸掐著自己的小掌，煞有其事的模樣，「哎，以我多年的經驗來看，八成是怨氣這麼多年下來，有靈了。」

帝休若有所察，說道：「他在找東西，發現大荒沒有，所以想來中原。」

「在找帝屋本尊吧，他肯定恨死帝屋了。」晏歸懶洋洋地晃著毛茸茸的大尾巴，對林木手裡的手機幸災樂禍，「殺了你，他就是本尊。」

電話那頭的帝屋十分冷靜，「你幫我炸了他。」

晏歸本身也是這麼打算的，但如果怨氣有靈了，那幾乎相當於是帝屋的半身。

這個情況就不一樣了。

「炸掉也可以。」晏歸說道：「但是他沒了，因果會算到你頭上，你頂得住？」

「……幹！」

電話那頭的帝屋看著剛到手的最後一塊本體，再感受一下自己比之巔峰時幾乎只能稱之為菜雞的妖力和搖搖欲墜的神魂，只感覺眼前一黑，從來沒想過還會發生這種搬石頭砸自己腳的破事。

你媽的。

頂又頂不住，打又打不過。

帝屋深吸口氣，神情肅穆地點開了自己的手機相簿。

看來只能拿小影片威脅晏歸當保鏢來勉強維持一下生命安全了。

在電話還沒掛斷的時候，林木的手機「叮叮咚咚」地收到了幾十則訊息。

他看了一眼，發現全都是帝屋傳來的。

「你傳了什麼啊？」林木一邊問道，一邊打開了訊息。

螢幕瞬間被一大堆小影片占滿，在wifi中自動播放起最後一個，是晏歸趴在窗臺上晃著九條尾巴跟對面一戶人家養的哈士奇隔空對嗷。

晏歸大驚失色，「關掉！」

林木聽話地關掉了影片，剛一關就聽到電話那頭傳來帝屋的聲音：「從科技方面來講，人類值得讚美。」

晏玄景在一邊端莊地坐著，面無表情地看他爹，無聲地給帝屋點了個讚。

不愧是晏歸多年的朋友。

這種抓到了把柄就直接把人送上絕路的行為簡直跟晏歸如出一轍。

果真是物以類聚人以群分，看到晏歸被反殺的感覺實在是令人身心愉悅。

多年來深受晏歸之害、不願透露姓名的晏玄景先生對此表示非常滿意。

甚至決定把自己小倉庫裡囤著的上好靈藥分給帝屋一點。

——帝屋最好還是別死，不然他以後上哪去看晏歸的熱鬧。

晏歸以迅雷不及掩耳之勢掛掉了電話，旁邊甩著尾巴等著跟帝屋聊會天的秦川被他掛電話的行為震驚得兩眼圓睜，緊接著整條龍的鱗片都豎了起來。

「你掛電話幹嘛啊！！」

晏歸不理他，無情地把手機螢幕關閉，看了一眼轉頭就去纏著林木哭哭的秦川，扭頭看向自家兒子。

「你娘來信了？」

晏歸的鼻子不是普通靈，晏玄景剛回來的時候他就嗅到了自家老婆的氣味。

晏玄景點點頭，把信件拿了出來。

信件上除卻開頭兩句隨口提及了一些如今青丘國的現狀之外，通篇都是在說最近大荒又出了什麼新八卦。

實際上作為青丘國的管理者，真正要幹的事情並不算特別多。

青丘國算是大荒頂尖數過來的國度了。

正是因此，人才也很多，光是九尾狐一族裡能做事的就不少，以至於會鬧到國主這裡來處理的事情，反而比很多需要事必躬親的小城小國要少。

文職這一方面，多的是靠頭腦吃飯的妖怪，把整個國度整治得井井有條，武力這方面就更不用說了。

國主的位置更多時候是一個象徵和保護傘，同時也是一份責任。

——簡單來講，就是全國唯一指定頂罪位置。

下屬做錯事了，頂罪的是國主；國家出事救援不及，頂罪的是國主；與別國交涉和平友好關係失利，頂罪的是國主。

普通妖怪不懂那些繁文縟節的職位。

反正有什麼不對，讓國主頂罪就搞定了。

而相對的，專業頂罪的國主享受的待遇也是相當不錯。

不過即便如此，九尾狐一族也沒幾個想坐這個頂罪位置就是了。

晏歸這個國主這麼多年下來當得還挺不錯，除了喜歡往外跑還喜歡鬼混之外都挺好的。

反正在青丘國的妖怪們看來，只要別像上上一代國主那樣惹一大票風流債然後拍拍屁股開溜，搞得舉國上下滿城風雨搖搖欲墜，隨便怎麼做都是好國主。

要求可以說是非常非常低了。

所以同樣的，青丘國的妖怪們對於他們這個行事作風比國主還狂放好幾倍的王后，也都是哄著寵著好好供奉著的。

就比如信件上說，最近不少妖怪都想來找青丘國的麻煩，因為青丘國收留最近攪風攪雨的那個妖怪。

搞出這麼大的事情，總要給個交代。

而晏玄景的母親處理方法極其狂放。

她說：「想見那個妖怪，可以，要嘛討好我，要嘛誰拳頭大誰說話。」

她的武力值在大荒也算是數一數二的了，跟她實力差不多的懶得管這件事，實力不如的又打不過她。

但青丘國這話放出來，如果那些妖怪退縮了，那臉就沒地方擺了，於是只好硬著頭皮上。

狐狸娘也相當乾脆，她把族裡最新一代的年輕狐狸全都趕出去跟那些妖怪打車輪戰。

天天白日看打架，晚上看美人跳舞，三不五時又能收到一些妖怪送過來的毛茸茸小動物，甚至還揪了她的姐妹一起天天聊天打屁，對別的國家跑過來的妖怪和美人指指點點，過得很是滋潤。

晏玄景看著信上通篇評價哪個國家的哪個妖怪身材不錯臉不錯，哪個妖怪非常適合給我們族裡的小狐狸當童養媳，哪個妖怪又特別火辣熱情令狐愛不釋手。

字裡行間還有關心一下在中原的孩子有沒有吃好睡好，通篇沒有提晏歸一個字。

看完整封信，晏玄景再轉頭看向晏歸，發現他爹已經捲成一團毛球，似乎自閉了。

晏玄景沉默了好一會，難得良心發現，問道：「要不……你回去？」

晏歸沒說話，一團毛茸茸的貓球動了動，過了半晌，抬起頭來，整張貓臉都在發光，「欸嘿！你娘絕對是寂寞了想激我回去！」

晏玄景：「……」

我覺得不是。

晏歸甜滋滋地晃了晃尾巴，「不行啦，帝屋這小混蛋雖然學壞了，但是這麼多年的情誼在，我還是想管管他。」

知心摯友可遇不可求，走一個少一個，這麼多年下來，還能隨意跟他亂開玩笑肆意放飛的兄弟，一隻手的手指頭都數不滿了。

晏歸唏噓地嘆了口氣，變回人形摸出手機來，看了一眼那邊正在跟聶深聊天的一大一小兩棵帝休，帶著點滿足的意味微微笑了笑，然後點開手機遊戲，火速沉迷進去，捏著嗓子一口一句「大葛格」喊了起來。

晏玄景：「……」

晏玄景看著他爹，覺得如果他母親來了中原，八成也會跟晏歸一樣沉迷遊戲，到時候他們心血來潮說不定還會表演一下姐妹花二女搶一男的激烈戲碼。

或者他母親可能會表演一個橫空殺入的原配男朋友，跟他爹來一場轟轟烈烈的捉姦大戲。

這麼多年來，這種舉動他已經看膩了。

這兩個戲精根本就是半斤八兩。

全家只有他這隻幼小可憐又無助的小狐狸是靠得住的。

晏玄景收回視線，掃了一眼信上寫的那些毛茸茸的小妖怪，摸了摸自己的手機，轉頭回屋進了書房，開始研究怎麼使用印表機。

這麼多年下來，中原多出了不少新的物種，有許多大荒沒有的，晏玄景覺得都可以列印一份送過去給母親。

還有一些沒有毛茸茸但也很可愛的，同樣可以傳一份過去。

反正他幻術不行，回頭不是母親跑過來看，就是晏歸回去被勒令變成這些小動物給她看看。

橫豎這件事不會落到他頭上，那照片自然是多多益善。

林木那邊跟聶深說好明天去買臺手機給他方便聯繫，轉頭發現晏玄景不見了，被小人參告知晏玄景在書房之後，也小跑步進了書房。

他還沒有謝謝晏玄景今天來幫忙的事。

林木打開了書房的門，看到晏玄景一邊上網搜尋一邊研究著印表機，湊過去探頭問道：「你要做什麼？」

「印照片。」晏玄景答道。

林木把電腦和印表機電源打開，「彩色列印嗎？」

晏玄景點了點頭。

林木把晏玄景的手機拿過來，連上電腦，一邊挑照片一邊好奇地問道：「大荒一般是怎麼弄照片的呀？」

晏玄景一頓，搖了搖頭，「沒有照片，通常是畫像。」

「……？」林木一愣，「那就生活便利和娛樂種類來說，是不是還不如中原呢？」

狐狸精一時間被問住了。

他不知道應該怎麼回答。

大荒因為生存環境的緣故，生活重心始終都以提升個人力量為主，這些工具基本上沒有什麼人會去研究。

就比如耕地勞動，在妖怪眼中只是隨便一個術法就可以解決掉的問題，自然不會去開發工具。

這對妖怪而言是外物，而外物除卻法寶之外，在他們眼裡都是毫無助益的東西，更別提什麼豐富的娛樂了。

活著就很艱難了，還想什麼娛樂呢。

更何況人類眼中的娛樂，放在妖怪眼裡其實挺莫名其妙的。

比如那些極限運動，跳傘啦滑翔運動啦探險啦，退一步比如摩天輪雲霄飛車和鬼屋之類的，在他們眼裡都是很日常的事情，一點意思都沒有。

晏玄景想了想，答道：「強大的妖怪不需要，弱小的妖怪沒有為之服務的必要。」

「……那我以後去大荒，不就要無聊死了？」

林木感覺自己抓住了盲點，「連手機遊戲都沒有，那你們每天除了鬧事根本就沒有別的事情幹了嘛。」

林木這麼一說，晏玄景覺得竟然很有道理。

以前晏歸沒事幹，天天不是蹲在宮殿屋頂上晒太陽就是出去閒晃，但現在……

他偏頭看了一眼外面沉迷手遊的晏歸，突然有點懷疑他是不是因為在中原太快樂了才不想回大荒。

而且說實話，中原這些年來的變化實在是太驚人了。

不說遠的了，不過百年前，隨隨便便把一片山脈夷為平地這種力量，還是妖怪和修行者的專利呢。

現在，那些在他們眼中弱小得不值一提的人類，也只需要動動手指就可以做到了。

而要不是聶深鬧出這麼大動靜，讓他們從大荒來到了中原，他們對人類如今的情況也不會有多清楚的認知。

「雖然你說弱小的妖怪沒有為之服務的必要……但是講實話，妖怪裡占比最大的不就是那些弱小的妖怪嗎？大妖怪才是鳳毛麟角，按理來說最後也依舊是弱小的妖怪在服務你們啊。」林木一邊說著，一邊按下列印鍵。

晏玄景看看林木，若有所思。

的確，人類如今的社會模式的確有值得學習的地方。

他拉了張凳子過來，拿了紙筆，坐在林木身邊寫下了一些想法，琢磨著他母親要是閒著沒事幹的話，也許真的可以試著計畫個驚天動地的大改革。

別的不說，至少很少有生靈能夠拒絕和平安穩的日子。

看看那些來了中原之後就不願意回去的妖怪就知道了——雖然他們來了中原之後也依舊作風剽悍，在山裡鬧出了不少事，但只要有比他們強大的人管束著，就會安靜下來。

大荒最大的問題就是，一個野心勃勃喜歡鬧事的大妖怪就能輕易攪亂一池渾水，飛快推翻一兩個國家也是極為輕鬆的事情。

推翻了之後人家又不會接替，導致失去秩序重新落入無主之地的境地，就又會重新混亂起來。

舉個最明顯的例子，聶深就是如此。

而人類能夠這樣大致平穩地維持規則，是因為人類的個人能力有極限，只要限制住武器，哪怕出一大堆天才也不會動搖整體。

怎麼處理這個問題，晏玄景暫時想不到。

他還沒有認真上過這類課程，於是就把想法粗暴地寫下來，決定把這種事情乾脆地扔給他爹娘去思考。

林木探頭過來，下巴墊在晏玄景的手臂上，看了看信件上的內容，微微一怔，「……我就隨口一說，你當真了啊？」

「你以後要去大荒。」晏玄景一邊寫著，一邊平靜地說道：「我希望你能高興——不管在哪裡。」

林木愣了好一會，伸手抱住了晏玄景，頭埋在他頸窩裡，悶聲說道：「你從哪學來這些話啊……」

「沒有從哪裡學。」

晏玄景說著，放下筆，摟住林木的腰，將他抱起來橫跨坐在他腿上，微微仰起頭來跟林木額頭相抵。

「我天生的。」

第二十四章

Public Office of Non-human Affairs

林木貼著晏玄景的額頭，垂著眼抿著唇，不自覺地悶哼一聲。

九月還穿著薄衫短袖，貼在腰間的那雙手滾燙，幾乎要讓他沁出汗來。

他們貼得極近，呼吸交纏著，帶著些許溫熱的溼意，眨眼時連睫毛都能輕輕擦過彼此的肌膚。

林木感覺自己像是一塊要被溶化的冰淇淋，軟塌塌的，骨頭都化了，沒有一點力氣。

過了好一會，他聽到自己的聲音嘟嘟噥噥地說道：「我要去睡了。」

晏玄景輕哼一聲以示應答，按在林木腰間的手卻沒有鬆開的意思。

他把人扣在自己腿上，輕輕偏過頭，貼上了林木微抿著的唇瓣，闖入其中攻城掠地，一手抬起輕輕按住了林木的腦袋，一手緊扣在他後腰上，指尖輕柔而微妙地摩挲著林木後腰衣襬下露出的皮膚。

兩具身體不留縫隙地貼在一起，連呼吸都充滿了黏膩感。

大手不知何時悄悄鑽進下襬，林木搭在晏玄景肩上的手倏然一緊，書房的窗戶就傳來了兩下重重的敲擊聲。

林木像是做錯事被抓包的小孩一樣驟然一顫，慌慌張張地從晏玄景腿上跳下來，抬眼看向窗戶。

秦川躺在窗戶外拿尾巴拍著窗戶，一張龍臉上滿是幽怨，整條龍渾身上下都寫滿了酸字。

林木抬手羞恥地捂住臉，小小聲地說了一句「我回房間了」，轉頭就像逃命一樣衝出了書房。

晏玄景坐在椅子上一動也不動，沉默了許久，好不容易冷靜下來，才陰沉著一張臉，偏頭看向窗臺外那條不知大難臨頭的龍脈。

他起身推開窗戶，直接從二樓跳下去，甩下一個隔音術法，抓著龍就是一頓暴打。

幾個躲在溫室裡的小妖怪都被驚醒了，緊張兮兮地湊到門邊，伸長了脖子查看戰況。

在院子外的帝休和晏歸看看院子裡把秦川吊起來打的晏玄景，又看了看壓根沒亮起燈來的林木房間，齊齊嘆了口氣。

晏歸關起了手機，撐著臉說道：「林小木的臉皮怎麼那麼薄，一點都不像你。」

帝休否認道：「我臉皮不厚。」

晏歸冷笑一聲：「你臉皮不厚，不厚你能一見面就纏著人類小女生，在她後面當跟屁蟲？」

帝休實事求是，「我當時只是想出去。」

「是啊，就出個森林的時間你就把人家小女生拐走了。」晏歸對帝休指指點點，十分唏噓，「我的臉皮怎麼就沒跟你一樣這麼厚呢？」

「……」帝休沉默了兩秒，說道：「你不能因為你追夫人追了四百年就對我人身攻擊。」

晏歸「哼」一聲，「你又不是人。」

帝休從善如流，「樹身攻擊也不行。」

聶深坐在他們旁邊，將目光從那個墜鍊上挪開，抬眼看向帝休和晏歸，顯得有些茫然。

晏歸喃喃自語地湊在帝休旁繼續玩手機，而帝休發覺了聶深的目光，問道：「怎麼了？是不是又想起什麼來了。」

聶深遲疑了一下，還是搖了搖頭，「沒有……只是沒想到大妖怪是像你們這樣。」

帝休見過的妖怪其實也不多，他被以晏歸為首的一堆大妖怪保護得很好。而晏歸他們出現之前，找來他本體旁邊的妖怪，態度都被他的力量安撫得相當溫和。

帝休於是問：「你遇到的妖怪是什麼樣的？」

「欺軟怕硬，趾高氣昂。」聶深想了半晌也沒想到什麼更合適的詞彙，最終只能總結道：「很壞。」

晏歸靠著斷木毫無形象地坐在地上，懶洋洋地插嘴道：「很多小妖怪的確這樣，一些大妖怪也這樣，我們兩個不能代表大妖怪整體。」

帝休點了點頭，「不能以偏概全，除了那些能夠羽化登仙的聖人以外，有智慧的生靈都不可能只有一面性格。就拿晏歸來說，他在面對外人的時候也不是這個樣子。」

晏歸聞言，得意地輕「哼」了一聲。

青丘國主這麼多年來雖然浮名在外，但也沒有幾個妖怪有膽子因為他那個浪蕩的名頭就真的把他當成一個很隨便的妖怪。

聶深低頭看了看手裡的墜鍊，問道：「那你們見過我母親嗎？」

「你母親太孤僻了，沒見過面，只聽過一些傳聞，傳聞不能當真。」晏歸擺了擺手，「你有問題還是留著問鸞鳳吧。」

聶深於是收回視線，打開了那個墜鍊，看著靜止的夢澤畫卷發起了呆。

林木回房之後十分緊急地沖了個冷水澡，感覺身上的燥熱和悸動都平緩下去之後，沉著臉從淋浴間出來，擦乾了身體。

套上衣服站在鏡子前吹頭髮的時候，林木開始十分認真地思考起自己搬出去這件事。

秦川這個小混球。

再來幾次林木覺得不是小林木出問題，就是秦川被打死。

剛剛氣氛多好啊！要不是秦川！

……雖然說沒有秦川外面還有兩個家長、四個小妖怪和一個路人聶深。

林木關掉吹風機，摀住臉無比痛苦地嘆了口氣。

他覺得他根本克服不了這種羞恥感。

尤其是這些妖怪都耳聰目明還八卦！

他甚至都懷疑如果他跟晏玄景滾床單了，都用不著等到第二天，當天晚上就被直播出去了。

這他媽是什麼驚天地泣鬼神的公開處刑羞恥 PLAY 啊！

但是搬出去也不適合——他可是家裡的棟梁。

上有幾千歲的行動不便老爸，下有幾百歲的野生孩子，偶爾還有攪風攪雨的親戚突然而至，再加上時不時有精神不正常的路人過來占便宜。

林木這麼一想，覺得自己好累。

他才二十三歲，還是個寶寶，他為什麼要承受這些？

林木一邊唏噓感慨，一邊晃著腦袋出了浴室，把自己裹進被子裡，長長地嘆了口氣。

晏玄景在院子裡發洩爽了，把宛如一條死龍的秦川掛在帝休最高的那根枝條上，打了個死結之後，慢條斯理地整理了一下衣著，轉頭回到屋裡。

他進房間的時候，林木迷迷糊糊地看了他一眼，然後含混地指了指浴室，「渾身土，去洗掉。」

晏玄景低頭看了看自己身上，因為秦川太靈活的關係，的確是顯得有些狼狽。

狐狸精乖乖地去洗了個澡，用了林木萬年不換的蜂蜜牛奶沐浴露，渾身都是林木平時的氣味。

林木迷迷糊糊的，發覺晏玄景到了床邊，往內挪了挪，空出了位置給他。

熟悉的牛奶香氣讓林木越發睏倦，他微微睜著眼，看著晏玄景俯身湊到他面前來親了他一下，下意識地回蹭了一下對方，含混著說道：「我很高興了。」

「嗯？」晏玄景應了一聲。

「我現在有爸爸，有你，有帝屋還有小人參他們。」林木努力睜了睜眼，強調道：「我已經很高興了，不要因為我去改變什麼……搞得我好像是什麼禍水一樣。」

晏玄景反應過來，林木是在說那封信的事。

他看著說完這些話之後就慢吞吞閉上眼睡過去的林木，躺下來把人摟進懷裡。

可是我想讓你更高興一點，他想道。

第二天，在目送著林木去上班之後，晏玄景回到書房把信整理完。正準備連帶著厚厚的一疊照片去山裡送信的時候，晏歸悄悄地摸進了書房。

晏玄景不動聲色，手上動作飛快地拿了個資料夾蓋住那一疊彩色列印照片，抬眼看向走進來的晏歸，問道：「做什麼？」

「送封信給你娘啊。」晏歸說著摸出了自己已經寫好的信件，說道：「我覺得你娘會很喜歡現在的中原。」

晏玄景看了看晏歸，「她不喜歡人類。」

「不喜歡長得不好看的人類而已，可惜人類大多平平無奇。」

晏歸說著，大喇喇地往椅子上一坐，一眼就看到了晏玄景還來不及包起來的信件。

這疊信件有些厚度，內容也不少，晏歸掃了一眼，有些驚訝，「你平時話那麼少，怎麼寫個信這麼囉嗦。」

因為不只是單純的信。

晏玄景不想跟晏歸說話，卻見晏歸拿起了他寫好的東西，微微偏過頭來，「我能看看嗎？」

晏玄景頓了頓，下意識點了點頭。

點完頭晏玄景才發覺，這是晏歸少有的會徵求他意見的行為了——他一向我行我素，想到什麼就直接做，很少會去顧忌別人的感受。

至少晏玄景從沒覺得自己的感受有被晏歸多麼放在心上過。

晏玄景看著認真翻閱起他寫的信的晏歸，沉默了好一會，終於重新去拉了張凳子過來，坐在了晏歸對面，打量著難得露出認真神情的晏歸。

晏玄景曾經聽他母親說過，當初晏歸死纏爛打四百多年，她正眼都沒給過一個，只當晏歸是個臭弟弟，天天在她面前跳來跳去。要不是那張臉實在長得好看，早就被她一巴掌糊到牆上摳都摳不下來了。

最後她選擇晏歸的原因簡單得不能再簡單了，因為她有一次意外看到有妖怪找到晏歸求他幫個忙。

用晏玄景母親的話來講，就是晏歸瞬間就脫胎換骨像換了隻狐狸一樣。完成了從哈士奇到頭野狼的完美蛻變。

晏玄景沒怎麼見過晏歸認真的樣子。

除了他還很小很小的時候，被別的妖怪在自家宮殿裡暗算，差點掛了的那一次之外。

但那個時候他還太小了，實在記不太清楚，至今只能從一些書冊的記錄上窺見那段時間裡晏歸雷厲風行的手段，和當時舉國上下人人自危的氛圍。

「你這個，是想試試改變大荒？」晏歸放下了手裡的信件，問道：「出發點呢？」

晏玄景倒是一點都沒有掩藏的意思，十分直白地答道：「林木。」

晏歸反應很快，馬上就明白了晏玄景的意思。

肯定是擔心林木不適應大荒，所以就乾脆嘗試著把那些林木會不適應的地方改掉。

年輕，晏歸想。

就跟他當年追在老婆屁股後，摘星星取月亮哄著時一樣。

晏歸一點都不覺得這個出發點有什麼問題，甚至還覺得果然是他兒子，心裡甜滋滋。

要是晏玄景說他心懷天下想要開創一片河清海晏的太平盛世，晏歸才會覺得他腦子是不是哪裡不對勁。

「難。」晏歸很乾脆地說道。

「我看過人類的近代史了，他們從第一次工業革命到現在也才三百年不到。」晏玄景說道。

妖怪真要做起來，應該可以更快才對。

大荒的發言權，歸根究底是掌握在少數一些大妖怪手裡，認真想要做事情說難不難，說容易也不容易，就是需要聯合而已。

晏玄景並沒有接觸過這方面，晏歸看看自家兒子，也覺得是時候跟他說一說這中間的利害了。

晏玄景頭一次跟晏歸針對這類事情有所交流。

也是頭一次覺得晏歸這隻老狐狸有了「父親」這一個具體的形象。

要說以前晏歸在晏玄景眼裡是什麼樣子，用兩個字來形容，大概就是傻子了。

畢竟從小打從他記事以來，晏歸在他眼裡就沒幹過什麼靠得住的事。

比如跑去別的大妖怪領地喝得爛醉如泥賴在別人家不走這種事，晏歸三不五時就要來一次。

以前沒有人領他回來，但後來晏玄景嫌丟人，每次都會定時定點去找自家父親，把父親拎回來。

晏玄景覺得自己的性格跟爹娘兩個都南轅北轍，八成就是小時候經歷得太多，被生活磋磨至此。

他一邊想著，一邊順著晏歸的說法，把之前寫的大綱做出改動，到最後完成的時候，已經是下午了。

晏玄景把手裡的東西收好，順便把他爹的信件也放進袋子裡，目光掃過手邊那一疊厚厚的彩色列印照片，遲疑了一瞬，有點猶豫要不要寄回去。

晏歸推了推小人參送上來的水果和點心，吃了塊西瓜，很是得意地對著晏玄景搖頭晃腦，「臭小子還是太嫩了，你怎麼就沒繼承你爹我這一身幾乎要透體而出的聰明才智呢。」

晏玄景面無表情地看著瞬間變回原樣的晏歸，「……」

「有的時候我真懷疑你的技能是不是都點在臉上了。」

晏歸看著廢掉好幾版的大綱，唏噓嘆氣，然後摸出手機來點點點。

晏玄景掃了一眼，發現晏歸點開的是某款著名女性向換裝手遊，而晏歸眼都不眨一下一揮手就課了好幾單。

「你現在花的是我的錢。」晏玄景說道。

晏歸抬眼看看自家兒子，「胡說八道！分明是林木的！」

「不是。」晏玄景糾正他，「準確來講，是帝屋的。」

晏歸手上動作連停都不停，特別理所當然，「我幫他這麼多，花他一點錢怎麼了！」

「你說得對。」

晏玄景點了點頭，然後神情如常地把那一疊彩色列印照片都拿了出來，轉頭離開書房。

你搞我這麼多年，我搞你幾次又怎麼了。

晏玄景進了山，把手裡十分厚實的文書交給了負責送信的妖怪，想了想，又從自己的小布袋裡翻出一堆當初買來的毛氈玩具，在送信妖怪略顯驚悚的注視下，一股腦交給了他。

聶深跟在林木後面，在公所辦事處報了個到。

他就跟上次來的時候一樣，安靜無聲地找了個角落坐下來，看著墜錬之中的畫卷發呆。

大黑輕輕戳了戳林木，「他怎麼回事啊？我看他的情況比上次來的時候好多了，怎麼反而更自閉了？」

林木也不知道怎麼說，那畢竟是聶深的私事。

他只好搖了搖頭，表示自己什麼都不知道。

他能做的事情也不多，上了二樓資料室把跟蜃和鸞鳳相關的資料都拿了下來，跟聶深分著看。

這麼一查，林木發現鸞鳳五百年前就在另外一個單位登記戶口了，這麼多年下來幫忙做了不少事，還拿了許多人類那邊給她頒發的特殊獎章。

「看起來是個不錯的妖怪。」林木小聲說道。

聶深安靜地翻著資料，沒有應答也沒有說話。

大黑豎著耳朵聽著他們這邊的動靜，忍不住湊過來瞄了一眼，「你們在查鸞鳳啊？」

林木轉頭看了聶深一眼，而聶深只是專注地看著跟蜃有關的資料。

於是林木看向大黑，問道：「你見過鸞鳳嗎？」

「見過，長得挺好看的，性格也好，就是……」大黑撓撓頭，「老是買醉。」

吳歸在另一頭搭腔道：「她有了孩子，近幾年已經好很多了，你沒見過她剛來中原的時候，才成精不久吧，成天泡在酒罈子裡，問她怎麼回事也不說，就是哭。」

林木一愣，聶深在一旁抬起頭來，看向了吳歸。

「……那是怎麼回事，她後來說了嗎？」林木問。

「說是自己太無能，有恩有仇都無處去報，求遍了三界，連恩人的孩子也沒找到。」說到這裡，吳歸抬眼看向聶深，這才想起來聶深就是蜃的孩子，而鸞鳳的恩人正是蜃。

思及聶深的經歷，他一咂舌，一時間有些不知說什麼才好。

各人各有各自命——這種運氣的事，上哪去說理呢。

聶深只是平靜地聽了，平靜地點了點頭，彷彿已經接受了這一切，收回落在吳歸身上的視線，繼續看起了眼前的資料。

林木趁著午休去買了臺手機給聶深，教會他基礎操作方式之後，聶深就無師自通地學會了如何使用。

林木再見到聶深是在兩天之後。

他站在林木家院門外，找到了正伸著幾根枝條，跟林木和幾個小妖怪玩橡皮筋的帝休。

帝休落在他面前，看著聶深，眉頭微微皺了皺。

「我見過鸞鳳了。」聶深說道：「她跟我說了一些事情，我也想起來了一些。」

鸞鳳說蜃當年被捲入兩個大妖怪的爭端之中，是天降橫禍，無妄之災。整個夢澤都是被城門失火所殃及的池魚，蜃死後，那兩個在夢澤邊打起來的妖怪也沒過多久就死去了。

那個時候鸞鳳先天不足，還沒有修煉到家，蜃死後她在偌大的夢澤找了兩年都沒有找到聶深。

蜃把聶深藏起來了，誰都找不到。

仇人屍骨無存，親人也早已經無影無蹤。

聶深孑然一身這麼多年，卻從來沒有覺得什麼時候比此刻更加空蕩孤寂。

他低頭看了看自己的雙手，說道：「我被母親藏在了夢澤之下，那裡很安全，是母親誕生的地方，處處都是幻象。」

蜃這種妖怪，是自水澤幻象之中誕生的，本身虛無縹緲，甚至於不能稱之為生靈，但天地之中總能生出驚人的奇蹟來。

蜃就是那個奇蹟。

幻象所成的妖怪，不同於任何有形之物。

蜃本身也跟外面那些生靈所化的妖怪合不來，蹲在自己的一方小天地裡，獨自過過日子也很開心。

可是她太特殊了。

這種能夠將自己與虛空化作一體，不會被人發現卻又無處不在的妖怪，實在是太特殊了。

觸手可及的奇蹟總是容易招人覬覦。

他的母親很強，但尚且年幼的他卻極其弱小。

聶深想起來了。

想起母親把他藏在了哪裡，想起是誰把他從安全的地方哄騙出來，將他騙進了無主之地，想起是誰在他渾身怨氣沖天的時候，恰好出現在他耳邊，對他說我們是一樣的。

那個聲音對他說。

——我們是一樣的，被丟棄在這裡，人人都要殺我們，天帝不管，不如乾脆先下手為強。

聶深想起那個把懵懵懂懂不知所措、幼小的他勾引出夢澤，一路哄騙著他前往無主之地的聲音，抬眼看向帝休，說道：「我知道怎麼處理帝屋的那個怨氣。我會殺了他的。」

聶深說話的語氣平靜無波，宛如一灘死水。

帝休沉默許久，輕嘆道：「不要用你的命去換他的。」

「……謝謝。」聶深乾巴巴地扯了扯嘴角，看了帝休好一會，說道：「你們都很好，要是我能早點遇到你們就好了。」

可惜他的運氣向來糟糕。

可是運氣這種事，他上哪說理去呢？

「青丘國——從青丘國西城出來，往正南六百里，有個叫帝休谷的地方。」帝休看著聶深，溫聲說道：「你要是無處可去，就去那裡。」

聶深張了張嘴，說了聲「好」。

他話音未落，身形驟然一散，乘著風向著山中的通道去了。

帝休在原地發了一會呆，終於輕輕嘆了口氣。

林木剛從樓上跑下來，一下樓就發現聶深已經不見了。

林木探頭探腦看了一圈，還沒來得及說什麼，就被帝休遮住了視線。

帝休伸手，將林木虛抱在懷裡，嗅著林木身上同源血脈的氣息，恍惚地想著幸好幸好。

幸好他的孩子不曾經歷那些。

幸好林木沒有數百年孑然一身遭受蹉跎。

林木下意識覺得氣氛有點不對，他小聲問道：「聶深呢？」

「他回家了。」

帝休輕聲說道。

林木聽著帝休的話，覺得有些不對勁。

「他哪有……」他哪有家可以回啊。

林木這話還沒說完，就自己噤了回去，愣了好半晌，說道：「他回大荒去了？」

「嗯。」帝休點了點頭。

林木從帝休懷裡退出來，跟神情有些異樣的帝休對視好一會，最終還是不能裝成不知道的樣子。

他問道：「他去做什麼？」

帝休看著林木堅定的模樣，抿了抿唇。

他下意識想要將這類事情跟林木隔絕開來。

在帝休看來，他的孩子已經遭受了很多他這個年紀本不該遭受的事情，不需要再增添灰暗的顏色了。

不論是他，帝屋，或是晏歸還是晏玄景，都下意識在林木面前把許多嚴重的事情淡化掉，用儘量輕鬆的語調講給他聽，彷如萬事胸有成竹。

可實際上，這世間哪有那麼多輕輕鬆鬆就能做好的事情，帝屋那邊時時刻刻都是一步踏錯就會落入萬丈深淵。

更何況萬事都有意外，誰也不知道什麼時候意外就落到自己頭上，而作為長輩，他如今能夠做的更是少之又少。

彷彿只能將這些事情阻攔在林木的認知之外——他缺席得實在太久了，如今想要補償林木缺失的那些東西，也不知道來不來得及。

但至少，他想要儘量給林木一段安然無憂的快樂日子。

他儘量不給林木添麻煩，能由他來解決的事情就不用交給林木，用自己的力量為他的孩子撫平憂愁。

有長輩的小傢伙不需要煩惱太多，在這件事上，所有的長輩都是這樣想的。

包括聶深這件事，他也是這麼做。

林木察覺到了什麼，在帝休眼前晃了晃手，嘟噥道：「別瞞著我啊，爸爸，我又不是小孩子了。」

帝休一愣，看了林木好一會，終於露出個小小的笑容來。

「就是小孩子。」他說道，卻並沒有再瞞著林木，「他大概是去找帝屋那個怨氣的麻煩了。」

幾千年下來，被帝屋拋棄的力量和怨氣到底是什麼模樣，有了什麼變化，他們一群大妖怪都完全不清楚。

他們所知道的，有且僅有晏歸之前提過的事——也就是帝屋的怨氣讓當初很多將他的力量瓜分掉的妖怪坐立不安這件事。

準確來講，是偶爾會爆發，就像顆定時炸彈一樣。

帝屋的力量相當強悍蠻橫，而能夠生活在帝屋力量之中的妖怪，都是些相對弱小平和的傢伙，對帝屋避邪天賦的抵抗能力比較高一些。

但正因為如此，在帝屋的怨氣暴發的時候，這些妖怪的抵抗能力就相對弱了，會被怨氣影響，死的死瘋的瘋。

怨氣對各種生靈的影響實在很大，就連之前封山時鬧鬼，大家也都以為是聶深帶來的怨氣作祟。

但大荒廣闊無垠、妖口眾多，他們的死對於上層妖怪來說就是毛毛雨一樣的事情。

這些損失跟帝屋的力量所能帶來的清淨靈氣和環境比起來，不值一提。

「怨氣生了靈，那些暴發，十之八九是他在尋找脫離鎮壓之地重獲自由的方法。」帝休說道。

他雖然並未真正在大荒的混亂之中生活過，但晏歸和別的大妖怪沒少帶各種書冊和竹簡來給他看，對於這類可能會被大妖怪忽略掉的情報，帝休反而敏銳得多。

蟲深的運氣實在糟糕——或者說，蜃的運氣實在糟糕。

帝休垂下眼來，覺得蜃的死也有很大可能是那股怨氣造的孽。不然怎麼就這麼巧，在蜃死去之後，那股怨氣還能摸到夢澤底下去。要知道，連在夢澤生活了數百年的鸞鳳都不知道夢澤底下還有一片天地，可見蜃將自己的退路瞞得有多好。

存在了幾千年，甚至於都生出了靈的怨氣，想要教唆兩個大妖怪打起來並不困難，更別說哄騙一個懵懵懂懂什麼都不知道的小半妖了。

那怨氣一開始說不定是想要宰了蜃取而代之。

想想就知道了，夢澤的主人向來獨來獨往，能力特殊，存在感也不是很強，尤其擅長偽裝和隱藏。

作為最需要偽裝和隱藏起來，以免被別的妖怪發現遭到鎮壓或者滅殺的怨氣，當然會對蜃這個妖怪的天賦動心。

但是蜃活著時太強，罪孽更是極少，清清白白一身，死去之後更是直接化作了籠罩整片夢澤的霧氣，數十年未散。

沒有實體，怨氣自然不可能取代她。

所以目標自然而然就落在了當初小小一隻、擁有蜃的血脈，又不像蜃一樣死去之後就煙消雲散的小半妖身上。

也能想到他把聶深誆騙去無主之地扔著不管這麼多年的原因。

是想讓這個什麼都不知道的小半妖渾身怨氣和殺孽，等到因果落下、聶深死去，他就可以取而代之。

等他有了身軀，又擁有了蜃的能力，天上地下六合八荒，哪裡去不得，又哪裡有人攔得住他。

管他在找什麼東西，在找誰，只要自由了，總歸是找得到的。

「更何況……」帝休長嘆一聲，「我們其實並不知道這怨氣，到底是只有一個，還是有許多個。」

怨氣生靈這種事情非常非常少見。

通常怨靈都是厲鬼，這是本身就身負怨氣的生靈死後不得超渡從而變成，他們的目的相當明顯。

怨氣生靈則不然，一團毫無靈智的怨氣，一般來講要嘛是漸漸消散，要嘛是被別的怨靈吞噬化作他們的力量，不管怎麼講，都不可能是自己成精。

不過先例倒也不是沒有。

晏歸就見過，只不過怨氣這種東西相當好針對，所以哪怕是成精了，也很難鬧出什麼名堂來。

這次鬧得整個大荒不得安寧，還是頭一遭。

當初那些妖怪瓜分帝屋的時候，可說是物盡其用，生怕自己吃半點虧。

所以帝屋被切得面目全非，不只是本體和魂魄，就連力量也被拆散了。

失去本體驅使的力量就跟天地靈氣沒有什麼差別，而怨氣也相當好處理，鎮壓或者滅殺二擇其一，只不過帝屋的怨氣跟力量緊緊糾纏在一起，所以當時的妖怪們都乾脆地選擇了鎮壓。

誰知道這一鎮壓，能鎮出幾千年後的這麼一件事。

這樣一想，那些被聶深滅掉的城池和國度的名單裡，當年那些對帝屋動手的妖怪的領土幾乎全在上面。

帝屋本人對此是相當幸災樂禍，還沒倒楣到自己頭上的晏歸也挺幸災樂禍，也就只有帝休在隱約猜測到了聶深這件事之後，有點憂心忡忡。

畢竟之前因為太好處理了，誰都沒特別注意過成精的怨氣到底有些什麼手段。

尤其這一次那怨氣還帶著帝屋的力量。

這本來是不應該發生的。

因為帝屋的力量本身就是禦凶，而說到凶，第一個想到的自然就是怨氣。

也不知道這團亂麻應該怎麼處理。

林木聽著，張了張嘴，問道：「那聶深要怎麼處理他？」

「直接殺死……」或者跟怨氣融為一體，然後自戕。

跟怨氣融為一體，因果就都屬於他一個人了，跟帝屋再無瓜葛。

帝休沒有把後面那個選項告訴林木，因為他覺得聶深恐怕會選擇後者。

從見到那個半妖的第一眼起，帝休就沒有從他身上看過什麼生氣，在聶深見過鸞鳳之後就更是如此了。

整個人都彷彿已經接受了一切不公與傷痕，平靜得如同昏暗處已經死去多時、最後一點殘跡即將枯竭的水窪，風吹不動，也映照不出什麼別的景象。

林木直覺帝休有話沒說。

他遲疑許久，終於還是沒有再繼續深挖，只是問道：「他會死嗎？」

帝休不知道。

他只是揉了揉林木腦袋上被他放出來晒太陽的小樹苗。

小樹苗在親近血脈的溫柔撫摸下振作著精神，努力地擠出一點點螢光，落在帝休手上，帶來幾許甜甜的暖意。

小小的，微弱的，才剛剛萌芽的，屬於帝休的力量。

所以說，還是小孩子。

林木毫無所覺，歪頭看了看帝休，說道：「我聽到你剛剛跟他說帝休谷了，所以他是不是會去那裡？」

帝休點點頭，「也許。」

「那也挺好的。」林木說道：「我在夢裡見過帝休谷，太陽好大，有聶深蹲在那裡擋太陽剛剛好。」

帝休一愣，忍不住露出些笑容，向他點了點頭。

「對，的確挺晒的。」他贊同道。

林木看著帝休不再是那副心有戚戚的茫然模樣，鬆了口氣，扯開了話題，「那我們幫聶深創的那個組織呢，怎麼辦？」

「會交給帝屋去做。」帝休說道。

萬一聶深那邊沒弄好，也好讓帝屋早點做好頂罪的準備。

林木覺得這樣也挺好，兩邊準備以防萬一。

「那我先去上班了。」林木說著，把冒出頭來的小樹苗按回去，想了想，又抬手虛虛地拍了拍爸爸的腦袋，在帝休滿臉的問號中說道：「不要想太多，船到橋頭自然直，各人各有各自命……總之，過去的事情就讓它過去吧。」

帝休有些哭笑不得地看著自家兒子，欲言又止，最後只說了一聲「好」。

林木滿意了，推著摩托車離開。

已經發生的事情總是反覆去想去後悔是沒有用的，身處現在，總是掛念著以前的事情，就容易自怨自艾。

未來的事情也不要經常去想，未來多長啊，誰能想得完。

當下才是最重要的。

林木推開了辦公室的門，跟吳歸報備了一聲聶深回大荒的事，去花架那邊處理了一下已經要開花的幾株秋菊。

辦公室的門被重重推開，撞在牆上「匡」的一聲，驚天巨響。

林木被嚇得一顫，偏頭看過去，只見一個哭得梨花帶雨的小孩子衝了進來，抱著大黑的大腿，哭喊道：「幫幫我！我哥哥瘋了！他要死了！」

大黑也被嚇了一跳，他把小孩抱起來，抽了張面紙給她擦眼淚，問道：「妳先說說是怎麼回事？什麼瘋了，妳哥哥是誰啊？」

「我是前段時間從大荒來的妖怪，聽、聽說大荒那邊的事情解決了，我和哥哥覺得中原好，就想去接爸爸媽媽他們過來。」那個小孩子哭哭啼啼地說道。

「但是他回來的時候沒接到爸爸媽媽，還把自己關在房間裡，我今天聞到血腥氣，裡面好多血！哥哥把自己的手腳都弄斷了！我還看到了一個好大的通道！」

「通道？」

小孩子吸了吸鼻子，「就是大荒跟中原那種！」

第二十五章

Public Office of Non-human Affairs

「中原和大荒那種？」林木下意識地重複一遍，反應過來之後驟然抬頭，看向辦公室裡另外兩個妖怪。

大黑和吳歸也反應過來，豁然起身，動作熟練而迅速地收拾起裝備，桌椅抽屜「咚咚啪啪」的一陣響動。

大黑一邊收拾一邊問道：「怎麼回事？種族、名字、天賦還有身分證號碼都報上來，還有妳剛剛說的大致情況，說得詳細一點。」

小孩子對大黑這種公事公辦的態度也沒有什麼意見，見他們沒有不管之後，就坐在一邊，忍著哭腔繃緊一張臉，認真地報出了大黑要的資料。

林木在大黑的示意下在電腦上查閱了一下。

這個小孩是混血，爸爸是個血魔，媽媽是隻貓妖。

血魔跟貓妖都挺邪門的，前者的血脈可追溯自遠古時期，是從富含力量的血液中生出的妖魔，渾身的力量也都在一身血液中。

至於貓妖，在大荒是非常常見的一種妖怪。但貓妖的天賦向來千奇百怪，還曾經有過二尾貓和九尾貓的傳說。

林木點開查到的資料，順著點進了小孩母親的資料裡。

她登記的天賦是傳送。

——這種天賦幾乎不能稱之為天賦了，稍微有點門道的妖怪都能學會縮地成寸或者飛翔的術法。

他們的資料看起來平平無奇，因為本身沒有來到中原，只是當時兩個孩子需要登記戶口，所以僅做了粗略的登記。

林木轉頭問道：「妳和妳哥哥也會傳送？」

小孩子轉過頭，看著林木愣了兩秒，目光掃過林木手腕上的白色腕繩，點了點頭，「對，我跟哥哥是青丘國邊境搬過來的，來了這邊之後偶爾會幫少國主做一些傳信的差事。」

林木沉默好一會，問道：「……你們說的傳送是什麼樣子？」

「就是……一般來講速度很快的妖怪通過通道需要一星期或者更久一點，我們可以在通道裡穿梭，來回大概三天就足夠了。」

林木張了張嘴，覺得這個天賦說是傳送也太大才小用了。

明明就是穿透空間的能力。

這麼強悍的能力被用來送信，也不知道晏玄景他們是沒發現還是根本就不知道這回事，只是單純覺得這妖怪腳程快。

——畢竟就連這個小傢伙對自己的能力也完全沒概念的樣子。

「妳是從青丘國來的？」林木問道：「妳最近這兩個月，幫晏玄景送過信嗎？送去青丘國呃……王后手上的。」

小孩子點了點頭，「哥哥送過。」

糟糕。林木轉頭看向皺著眉的大黑和吳歸。

吳歸想起這小孩跟她哥哥的血脈，眉頭皺得死緊，「妳哥哥是用血開了個傳送通道。」

小孩子一愣，打了個哭嗝，「他……他是真的瘋了嗎？」

「沒有。」林木看著已經收拾好了的大黑跟吳歸，緊抿著唇，焦慮地搓著指尖，說道：「我大概知道是怎麼回事，帶上鎮壓和消除怨氣的東西以防萬一吧。」

吳歸一頓，有些疑惑地看了一眼林木。大黑倒是毫不猶豫，一伸手就拉開了另外一個抽屜，動作俐落地翻找起來。

林木也拉開了布袋，摸出幾塊陣盤和一些長輩們塞給他的寶貝，往大黑那邊推。

大黑目瞪口呆看著林木跟哆啦A夢似地一個接一個往外掏各式各樣的法器，突然覺得自己彷彿根本就不認識林木一樣。

——他這些東西都是哪來的！

林小木不是一個孤苦伶仃弱小可憐的孤兒嗎?!

晏玄景對林木再好也不至於大方成這樣吧！

大黑感覺周身充斥著戀愛的酸臭味，整隻狗都酸得直打顫。

吳歸一邊整理東西，一邊思考著林木的話，而後開口說道：「是聶深？他不是回大荒了嗎？」

「不是他。」林木說完，猶豫了一下，偏頭說道：「應該是帝屋的怨氣。」

吳歸和大黑齊齊一愣，掏了掏耳朵，「……什麼？誰？」

「不是帝屋，是帝屋的怨氣。」林木把該掏的東西都掏了出來，向兩位被他瞞得死緊的同事深深鞠了個躬，「非常抱歉，瞞了你們這麼久。」

吳歸掃了林木一眼，把東西全帶上，一把撈起坐在凳子上的小妖怪，示意她指路，而後偏頭對林木說道：「邊走邊說。」

林木點了點頭，快步跟在他們背後，摸出手機來，「我先打個電話。」

吳歸問：「給帝屋？」

林木頂著大黑不敢置信的目光，充滿歉疚地點了點頭，「……是的。」

吳歸擺了擺手，示意他打就是。

大黑作為全場最耿直最無辜的那個，整隻狗都呆住了，「怎麼回事啊——林木打電話給帝屋？他跟帝屋認識？他……」

他說到一半話語戛然而止，然後一拍腦門，「怪不得帝屋每次都跑得那麼及時我們追不上！林木他……」

吳歸倒是見多識廣平靜得多，「換個角度想，如果不是林木，帝屋可能在我們第一次追上去的時候就把我們給宰了。」

也是。大黑閉上了嘴。

「而且你不知道，林木的血脈很厲害，雖然我看不出來是什麼，但是能夠遮蔽星星的妖怪，絕不是什麼簡單的角色。」吳歸抱著懷裡的小妖怪，順著她指的路往前飛快前進，一邊詢問具體狀況。

林木跟在他們身邊剛撥通電話，聽了吳歸的話，摸了摸鼻子，神情有些訕訕然。

還沒能學會什麼術法的他只能加快腳步，速度快到颳出一陣殘影。

小妖怪輕聲說著自己家裡的情況，「我出門的時候家裡的電話打不通，我也進不去房間，哥哥躺在那裡，好多血……」

小妖怪說著又是一副要哭起來的神情，「他是不是死了！」

吳歸十分冷靜，「血魔的後代，除非血液裡的力量都被榨乾了，不然只是流血是不會死的。」

小妖怪抽抽噎噎的，其實也知道這麼回事。

他們並不算特別強，小時候沒少遭受別的妖怪折磨。

後來多虧了母親和父親的天賦和種族特殊，能維護得住青丘國邊境城池一片區域的安穩，一家才被那座城池的管理者納入麾下，終於從疲於奔命之中安定下來。

她當然也知道自身的特殊，不然也不會選擇先扔下哥哥跑去求助。

真正讓她驚慌的，還是那個排斥她進入的房間，和那個像極了中原跟大荒之間通道的大洞。

小妖怪說道：「我還看到好多黑黑的東西從洞裡冒出來，霧濛濛的……」

林木聽到這話，心裡震顫了一下，正巧打給帝屋的電話接通了。

帝屋那邊聽起來很熱鬧，林木隱約聽見了幾聲笑聲，很是耳熟。

帝屋一接通電話，張口有氣無力地喊了一句：「大侄子，什麼事啊？」

「你現在在哪？」林木問。

帝屋摸了摸自己口袋裡的菸，十分憂愁地說道：「我本體什麼的收拾完了，現在在你家。」

「告訴你一個壞消息。」林木說道：「你的怨氣可能跑過來了——應該是他煽動了青丘國那邊的信使，直接利用他在兩邊開了個通道。」

帝屋聞言神情一肅，臉上的愁眉苦臉霎時一收，抬手按住了秦川正要湊過來的臉，把他推到了一邊，對著院子喊了晏歸他們一聲。

帝屋飛速把林木的話轉述了一遍，按下了擴音，問道：「你確定嗎？」

林木答道：「還不能確定，我正在往那邊趕去。」

帝屋抬眼，正準備看向另一個賢侄，就發現晏玄景不知道什麼時候已經不見狐影，一抬頭就看到遠處一道玄色的背影瞬間消失在視野之中。

與他同時消失的，還有小院門前一大塊種著朝暮的地皮。

晏玄景掀了一大塊地皮，帶著朝暮去找林木了。

帝屋收回視線，說道：「你小心一點，晏玄景去找你了。」

「好。」林木點點頭，遠遠地看到了一棟住宅大廈，樓下圍了一圈人，警笛「嗡嗡嗡嗡」地響著，看起來相當熱鬧。

順著這群人的目光往上看，約莫十三樓高的樓頂上站著一道人影，似乎是要跳樓。

幾個非人類仰頭看著樓頂那道身影，瞇了瞇眼。

這棟住宅大廈周邊環繞著一層極淺的混沌灰色，散發著森冷的氣息和讓人透心涼的殺意。

他們走到人群邊，便聽到有人百無聊賴地說道：「怎麼還不跳啊，都等這麼久了。」

「對啊，太陽很大耶。」

「拖拖拉拉的跳不跳嘛。」

「就是說……」

林木看了他們一眼，發覺那點灰色不知不覺已經將人群籠罩住，但在即將觸及到他的時候，又像是撞見了什麼天敵一樣倏然褪去。

林木一愣，正要跟旁邊兩個同事講這件事，結果一張口，住宅大廈裡就傳來了一聲劇烈的響動。

有玻璃被人從室內撞碎了，一個女性冒出大半個身體，被壓在殘留著碎玻璃的窗戶上，但她似乎絲毫感覺不到疼痛，目眥盡裂地死死抓著把她壓在窗戶上的男人。

有血滴下來。人群一瞬間騷動，出乎林木預料的是，他們竟然歡呼起來。——這些人像極了在看什麼精彩劇碼的觀眾，並為這意料之外的表演感到驚喜。

林木愕然地看著他們，渾身發冷。

吳歸把小妖怪往他懷裡一塞，說道：「你都知道是怨氣了，怎麼還擺出這副樣子？」

林木接過小妖怪，顫抖了一下，轉頭看向吳歸，「……是怨氣做的？」

吳歸點了點頭，動作俐落地隱藏起身形，火速放下幾個陣盤，順便對林木說道：「問問帝屋應該怎麼處理。」

林木這邊電話還沒掛，聽到吳歸這麼說之後，慌忙喊了帝屋一聲。

帝屋在電話那頭聽著林木這邊的熱鬧動靜，問道：「情況很糟？」

「不太好。」

林木話音剛落，一股常人無法窺見的綠色火焰「呼」地竄了出來，燒過了人群頭頂，燒盡了瀰漫在人群之中的灰色霧氣。隨後火舌吞吐著，洋洋灑灑地往住宅大廈燒了進去。

林木還沒回頭，便被晏玄景伸手拉到身後護住。

九尾狐微微仰著頭，看著朝暮火焰籠罩的範圍，微微皺了皺眉。帶來的還是太少了，跟這些怨氣比起來，朝暮的火焰雖然不會熄滅，但不能動搖什麼。

「他還沒有完全過來——跟聶深對決的時候，力量遠不僅此。」晏玄景說道，但也沒有進去的意思。

他在等長輩們那邊做決定。

帝休抿著唇，說道：「先封住，讓人類都先撤出來，那個通道是什麼情況你們有數嗎？」

「沒有。」林木從晏玄景身後探出頭看了一眼。

「不確定是否穩定的通道很危險，隨時都會斷裂或者是爆炸。」帝休皺起眉頭。

在這種通道爆炸的時候，哪怕是晏歸過去了都是不死也要脫層皮的下場。

沒有誰應該為此付出生命。

「那這樣吧，以防萬一人類先撤，我們就讓他完全過來。」晏歸乾脆地說道，絲毫不拖泥帶水，「他多半是來找帝屋的，就算不是，遇到了帝屋也肯定會追過來。帝屋你去當誘餌，把他引到山裡去，進了山就算鬧起來，損失也不會很大。」

電話兩邊有那麼一瞬間的寂靜。

帝屋轉頭看向晏歸，深吸口氣，威脅道：「我要是出事了絕對不會死透，為了你後半生的幸福，我勸你再思考一下。」

「思考個屁！還不都是你搞出來的。」

晏歸抬腳就踹了過去，拿過帝屋的手機，掛斷，而後捲起袖子，把朝暮都刨起來扔到一邊，支使帝屋，「你帶著帝休先去山裡恢復一下本體，等我先把林小木這個寶貝院子給挖掉藏起來。」

不然回頭怨氣聞著味道過來，狂性大發毀了林小木的院子……

不只林木會發瘋，恐怕帝休也會離發瘋不遠。

這畢竟是帝休的妻子唯一留下來的東西了。

晏歸設身處地換位思考了一下，覺得這換成他，肯定是會發瘋的。

那多不好。

這世上帝休就這麼兩棵，要好好愛護才行。

至於帝屋這種，只要不死就好了，誰要照顧帝屋這個麻煩鬼的心理健康。

我照顧他，誰來照顧我啊！

晏歸想起帝屋那一堆黑歷史就生氣。

他嘀嘀咕咕著掀起地皮，一絲不漏地把整座院子連帶著地底八公尺的土全挖起來，舉著比他的人形大了幾百倍的龐大土塊，直奔向神州大地西北空曠的大草原而去。

林木對自己家被物理上的拔掉了這件事一無所知。

他站在最前面，看著吳歸一連打了好幾通電話，緊接著停留在這裡的警力就開始疏散起人群來。

沒過兩分鐘，又「嗡嗡嗡嗡」地開來了兩隊鎮暴部隊。晏玄景偏頭看了一眼那邊的人類，示意大黑把林木抱著的小妖怪領走，然後拉著林木直接跨過警戒線，站在人群最前面。

幾個警察見狀要過來，吳歸和大黑抬步走上前，摸了半天掏出一張證件來，交給了那幾個警察。

林木被晏玄景緊握著手，抬頭看了一眼那邊，對晏玄景把他拉到最前面來這件事有些疑惑，「怎麼了？」

晏玄景微微低下頭，手裡摸出好幾個陣盤扔出去，偏頭看向林木，說道：「怨氣遇到你會退避。」

林木看了一圈周圍灰色的混沌，發覺確實，這些怨氣都繞著他走，恨不得離得遠遠的。

「我能做什麼？」林木問。

「慢慢來。」晏玄景說著，將手掌貼上了林木的背。

林木還沒有學會怎樣才能主動運用妖力，現在真要他幫忙，就稍微有些麻煩。

晏玄景垂眼看著林木，林木也看著他，完全沒有一點防備的意思。這樣的信任，在大荒之中是極少有的。

「……」晏玄景的目光微妙地挪開了一瞬，又重新看回來。忍不住提醒道：「別太相信別人。」

提醒完他頓了頓，又補充：「我除外。」

林木聽他這麼說，沒忍住，露出了微笑。

晏玄景偏開視線，將目光落在被陣法限制、卻蠢蠢欲動想要突破的怨氣上。

林木感覺有什麼沁涼的東西從貼在他後背的手上傳遞而來，在四肢百骸中流淌著，讓他忍不住打了個寒顫。

九尾狐的妖力並不算溫和，哪怕晏玄景已經盡力壓抑收斂了，還是讓林木在青天白日大太陽底下凍得臉色發白。

但好在很快，晏玄景就引著林木的妖力融入了陣法之中，眼看著那些怨氣驟然縮進了住宅大廈的某一樓中，九尾狐迅速收回手，把林木摟進懷裡，翻出好幾株靈藥來給他補充體力和溫度。

晏玄景手長腳長，在林木因為寒冷而瑟縮的狀況下，幾乎可以把他整個人都包裹住。

他身上暖烘烘的，太陽也不遺餘力地散發著熱度。

晏玄景一下一下地拍著林木的背，抬眼看了看怨氣縮回去的地方，偏頭看向吳歸。

吳歸環視周圍一圈，發現剛剛相當混亂的情況變好了許多，於是從自己的工具箱裡摸出了一件東西。

林木打著顫從晏玄景懷裡探出頭來，冷得像塊冰的手倒是一點都不客氣地鑽進了九尾狐這一身衣服的領子裡，隔著一件內衫汲取著熱度。

林木問：「接下來要怎麼做？」

「把大樓裡剩下的人也弄出來。」吳歸對這種事情倒是相當熟練。

今天是平日，留在住宅區的人本來就不算特別多。

再加上剛剛有人鬧著要跳樓，這個並不算多大的社區裡剩下的那些人幾乎都跑出來看熱鬧了。

大樓裡面剩下的人數兩隻手數得完，隨便下個暗示就出來了。

旁邊的小妖怪被大黑抱在懷裡，安靜地看著他們忙碌，緊抿著唇，忍著淚意，小小聲地說道：「我……我哥哥怎麼辦啊……」

林木聽到她小聲詢問，看向了晏玄景，「我們要進去嗎？」

之前打電話的時候還聽爸爸說很危險。

「不用。」吳歸看了林木一眼，然後從工具箱裡取出了一臺……無人機。

林木：「……」

哦，對不起。

跟妖怪相處久了，已經忘記人類科技的便利程度了。

林木默默閉上嘴，貼著晏玄景汲取溫度。

無人機飛進了社區，暢通無阻地進入了他們的目標樓層。

走廊和公寓裡四處都是灰黑色的霧氣，濃郁到幾乎要變成流淌的液體，占據了整個螢幕。隔著螢幕都讓人感到心中有一股難以言明的焦慮和煩躁油然而生。

緊隨著這股煩躁的，還有一點莫名的危機感和壓力，讓林木渾身雞皮疙瘩都冒了出來，背後沁出一陣冷汗。

畫面裡除了灰黑的顏色之外沒有其他東西，吳歸換成了熱感應鏡頭，那一片灰黑倏然褪去，終於零零星星看到了一點別的顏色。

晏玄景掃了一眼顯示螢幕，迅速抬手遮住林木的眼睛。

旁邊的小妖怪看到了畫面，嗚咽了一聲。

畫面上的一個角落，在幾點代表熱度的紅色旁，趴著一個已經冷成了藍黑混雜的人形。

涼透了。而那幾點紅色，也在以肉眼可見的速度變淡，最終消失在畫面之中。

道行還淺的大黑背過身，嘆著氣把小妖怪的目光也遮住了，皺著眉頭說道：「這也太厲害了點。」

吳歸贊同地應了一聲，但轉念想想，帝屋的怨氣比他這個三千多歲的老烏龜年紀大了快有一倍。

積攢了五千餘年的怨氣，能不厲害才有鬼了。

尤其它還帶著帝屋的力量。

帝屋的力量對妖怪來說可是相當難受的東西——林木如今也算是半個妖怪了，也能夠察覺到這種被壓制的感覺。

林木小聲嘀咕：「帝屋當初把怨氣分離出去的時候，就沒想過會有這種結果嗎？」

「不會想到的。」晏玄景說道：「因為照理來說，他的力量跟怨氣是衝突的，用不了多久就能將怨氣消弭殆盡才對。」

這也是當初覺得分離太棘手就乾脆選擇了鎮壓，而且沒有把怨氣的事放在心上的那些妖怪的想法。

誰都沒想過會發生這種事，就連帝屋自己都沒想到。

林木感覺身體回暖了不少，從晏玄景懷裡退出來，卻又不敢去看螢幕，便左右四顧起周圍的情況來。

普通人類已經被疏散了，吳歸在估算過意外可能波及的範圍之後，人類那邊乾脆俐落地把這一整座社區的人類都緊急撤離得一乾二淨。

作為三不五時就要遭受洪災侵害的國家，對這種災害的預警和反應動作極其迅速，效率高到令以前從未經歷過這種撤離的林木嘆為觀止。

晏玄景隨著林木的目光也若有所思地觀察著，最近這些日子他一直在認真思考人類的一些措施和社會制度。想著如果可以的話，還是希望能夠將大荒改變一些——大荒不行，至少青丘國他可以做點事。

反正以後青丘國是他的。

而若是青丘國推行的一些措施效果不錯，自然就不愁有別的地方效仿。

以後的日子還很長，雖然林木也可以偶爾來中原玩一玩，但總歸是無法停留很久。

林木這張不會變化的臉是一方面，另一方面是他自己恐怕也不能頻繁承受友人老去、死亡的現實。

晏玄景掃了一眼無人機拍攝的畫面，再看向那棟住宅大廈，發覺已經不需要無人機了。

有一團濃郁的黑色從那層樓的窗戶裡爬出來，像一灘淤泥，黑得彷彿要把周圍的光線吞噬進去。

黑泥伸出了幾根觸角試探著，它似乎沒有視覺，全靠感知。

突然，那一灘四處試探的黑泥頓了頓，轉瞬消失在他們的視線之中。下一秒只聽「碰」一聲巨響，那團泥狠狠撞在了陣法形成的防護障壁上。

它一下接一下地撞擊著，被陣法和殘留的朝暮火焰燒灼著發出「滋滋」聲響。

隱隱約約能從它那邊聽到一些尖銳而嘈雜的動靜，不是聲音，即便摀住了耳朵也直達到腦海中，像是針刺一樣難受。

林木晃著腦袋，感覺裡頭「嗡嗡」作響。

晏玄景帶著林木火速遠離了那團泥，順著它撞擊防護障壁的方向看過去，果不其然看到了飄在半空中滿臉嫌惡的帝屋。

帝屋剛從青要山裡出來。

幾個大妖怪有志一同地覺得應該把戰場放在山裡——最好是能放在通道不遠處，畢竟真打起來了動靜那麼大，還是把戰場漸漸往大荒轉移比較合適。

帝休的力量對於怨氣這種東西屬於相當有效的類型，所以帝屋急急忙忙找了塊地把帝休埋了下去，連帶剩下的幾塊本體也交給了帝休，讓他變回了那棵蒼鬱龐大的蒼青色大樹。

——雖然重傷初癒力量肯定會大打折扣，但是總比沒有要好。

帝屋有點緊張。

畢竟他現在相當弱。

硬要說的話，他現在的戰鬥力約等於半個晏玄景。

正面強碰他是絕對贏不過晏玄景的，但他活了數千年，會的手段和內心的骯髒程度卻是晏玄景的晏玄景個三次方。

飄在天上緊張兮兮的帝屋察覺到了晏玄景的目光，過了兩秒，說道：「我沒想過它會長得這麼醜。」

晏玄景面無表情地看著他，摸出懷裡啟動中的陣盤。

帝屋看著小狐狸這乾脆俐落的動作，嘴上罵了一聲什麼，在晏玄景關閉陣盤的瞬間以迅雷不及掩耳盜鈴響叮噹之勢，跑了。

那架勢堪稱行雲流水，毫無滯塞，極其熟練信手拈來。

看起來他以前也沒少幹這種開溜的事。

晏玄景目送著那團怨氣張牙舞爪地追了上去，一點注意力都沒分給下面剛剛壓制它的那幾個妖怪。

接下來是幾個長輩的戰場，跟他們這些小輩就沒有什麼關係了。

吳歸看著怨氣退去之後的螢幕，說道：「通道消失了，看來是拋棄式的。」

說完他沉默下來，看了一眼那個小妖怪，嘆了口氣。

他哥哥沒救了，已經死去了。

大黑撓了撓頭，拍拍小妖怪的背，說道：「妳暫時跟我們一起行動，之後我們會送妳回大荒——或者妳想在中原生活也可以。」

小妖怪應了一聲，趴在大黑肩頭，一聲不吭地哭了起來。

她倒是一點都沒有要質問為什麼他們沒能救下她哥哥的意思，對哥哥的死亡接受得十分直接，沒有什麼不敢置信和吵鬧的反應，只是單純為此感到難過。

林木看了一眼公事公辦的幾個妖怪，又看了看無動於衷的晏玄景，再一次有了妖怪眼中的「常態」到底有多麼扭曲的認識。

他沉默地抿了抿唇，往晏玄景懷裡縮了縮。

「我要跟到山裡去。」吳歸把裝備都收好，一邊說著一邊打了好幾通電話，把事態進展說明了一下，然後提著工具箱消失在他們面前。

「回家？」晏玄景問道。

林木點了點頭，被變回原形的晏玄景叼著扔到背上去，爬到他頭頂上，問道：「牛奶糖，爸爸他們沒事吧？」

晏玄景不敢說沒事，他想了想，只說道：「不會死的。」

這幾個大妖怪一個比一個精明，絕對做不出那種捨身取義的事。

林木應了一聲，臉埋進了牛奶糖的毛裡，過了許久，低頭看了看手機上的時間，愣了愣。

都過去十分鐘了，怎麼還沒到家。

林木坐起身來，發現牛奶糖停在了原地，重新爬上了他的腦袋，問道：「怎麼啦？」

晏玄景沉默地低著頭，看著本來應該是個漂亮小院子的巨大土坑，內心充滿了極少出現的茫然和呆滯。

林木一時沒得到答覆，有些奇怪，他小心地抓著牛奶糖的毛，爬到他後背上探頭看了一眼，然後也愣住了，內心充滿了茫然和呆滯。

「我的房子呢？」林木喃喃地問道。

我家呢？

我的房子呢？

這裡這麼大一個院子，四百多坪，可漂亮了！

我上班之前還在的！

告非！

我的房子呢?!

林木抱著牛奶糖，坐在原本應該是他家的土坑邊發呆。

儘管晏玄景自詡見多識廣，也一時間沒有反應過來。

「怎麼回事啊……」林木嘀嘀咕咕地站起身來。

一開始的呆滯過後，冷靜下來想想也知道這大概不是什麼大問題。

剛剛從高空俯視的時候，周圍鄰居的房子都沒有出狀況，就他這裡只留下了一個巨大的坑，想來也不是什麼東西入侵搗亂。

不然這一片都會變成廢墟才是。

畢竟他的院子裡還蹲著幾個放出去之後，一跺腳就能讓整個中原抖三下的大妖怪呢，怎麼想都不至於讓一個小院子出事。

——不過林木總有點擔心自己種在院子裡的那棵爸爸。

爸爸還在療養期間呢，突然出事會不會對恢復造成影響？

林木嘆了口氣，繞著自家院子的遺跡轉了一大圈，平時也沒覺得自家院子有多大，可變成坑之後，就顯得格外大了起來。

晏玄景察覺到林木的動靜，漸漸回過神來，說道：「應該是帝屋他們做的。」

畢竟他們都非常清楚，林木有多重視這個小院子。

更何況有帝休在，怎麼也不至於讓這裡被毀掉。

「大概是搬到別的地方去了。」

晏玄景說著，給這個巨大的土坑施了一個迷惑普通人視線的幻術。

林木也覺得八成是這樣，他繞著土坑轉了一圈。

這坑還很新，泥土鬆軟溼潤，一股撲面而來的泥土氣味，還能清楚看到一些細碎的植物根部冒出泥土。

他走著走著，在這塊坑地旁發現了一些熟悉的灰燼。

是朝暮燃燒之後的灰燼，痕跡看起來還挺多的。

這灰燼洋洋灑灑鋪了一路，看起來像是追著什麼東西一直燒，一路燒到了別處去。

其中一些灰燼已經落入土中迅速生出了芽，長了些許翠綠的顏色，漸漸藏進路邊的野草之中，難以分辨出來了。

「是追著那一團怨氣去了吧。」林木說著，低頭看著地面上的灰燼，突然「哎」了一聲。

晏玄景正思考著要不要順著氣味，帶林木一路追過去看看——畢竟不論是在中原還是大荒，都已經很久沒有能讓晏歸放開手腳打一打的對手了。

旁觀一下大妖怪打架還是相當有用的。

他聽到林木出聲，抬眼看過去，「怎麼了？」

「朝暮普通人是看不到的吧？」林木問。

晏玄景點了點頭。

「我和爸爸都能讓朝暮在中原生長起來。」林木想起自己的血脈帶來的便利，說道：「那如果能從地府那裡多要些灰燼來，我覺得讓中原長滿朝暮也完全沒問題啊。」

「就連大荒都可以。」林木說道。

如果真的能夠把朝暮種滿中原和大荒的話，那豈不是相當厲害的事？到時候壓根不需要帝屋的力量，只要種上一片朝暮，那些身負大業障的妖怪一個不漏，全都得化成灰。

——雖然脫離帝休的力量或者棲息範圍，朝暮就是拋棄式道具，但是努力多種一些也足夠了。

「不行。」晏玄景說道。

中原畢竟是以人類為主，在大多倚靠自身修行來較量的妖怪地盤做防業障這一套是行不通的。

哪怕是晏玄景這隻狐狸，只要剝去祥瑞象徵的這層皮，暴露出本性來，第一個被朝暮燒屁股的就是他。

晏玄景說道：「在大荒種的話，沒幾個妖怪能活下來。」

「那為什麼中原也不行啊？」林木問道。

「怨氣有存在的必要，讓作惡的人一生難以順遂。」晏玄景回答。

朝暮本身存在於地府，燒的就是那些作惡多端的非人類，至於在人間作惡的人類，那是它們管不到的範圍。

惡人造的孽在地府是逃不掉的，但怨氣的存在能讓他們在造孽之後過得不那麼舒服。

嚴重起來直接死掉也是很有可能的。

「不過可以拿去交易。」晏玄景說道。

這種東西在大荒，絕對是拷問復仇報復社會的好玩意，還是除了林木和帝休之外沒辦法持續生產的拋棄式道具，帶過去了絕對發大財。

而且林木去了大荒，肯定會被劃到青丘國一方，手裡握著這麼個東西，能讓人忌憚又能提升地位，簡直賺翻了。

晏玄景內心的小算盤打得劈啪響。

而林木對這種事壓根沒什麼概念，他盤腿坐在地上，撐著臉，看著地上那一撮撮灰黑色的餘燼嘆了口氣，「感覺我們家這點花草，對帝屋他們來說效果不大啊。」

晏玄景倒是從來沒指望過這麼一小片朝暮能有什麼效果。

但林木這麼說了，他略一思考，便安慰道：「有一點是一點。」

林木看看他，感覺並沒有被安慰到。

他伸手把牛奶糖抱住，臉埋進毛裡，蹭了蹭，舒服地嘆息。

晏玄景抬起腳來，輕輕拍了拍林木的臉頰，看著林木臉沾上的泥，愣了兩秒，沉默地收回腳，試圖當成無事發生。

林木抬手碰了碰臉，看看手上沾著的泥，埋頭蹭了晏玄景一身，然後花著一張臉站起身來，決定帶晏玄景去後山的溪流弄點水來洗一洗。

他剛站起來，隔著幾座山的距離傳來了一聲驚天動地的巨響，緊跟而來的是腳下地面的震顫。

並不嚴重，但相當明顯。

林木扶著樹還沒站穩，就被晏玄景叼著甩到背上，轉瞬沖天而起。

停留在半空的兩個小輩終於知道剛剛的巨響源自於哪裡了。

——是遠離普通人活動區域的深山，瞬間被削平了兩座山頭。

塵埃四散，巨石滾落，土層像是水浪一樣翻湧著，蒼翠的巨樹與厚重的岩石就像是雜草砂石一樣輕飄飄地被吞沒。山中無數生靈四散奔逃，鳥雀從林間竄出，頭也不回地飛遠了。

林木倒吸一口涼氣。

他覺得他對妖怪力量的理解有問題。

雖然林木知道一些可以用來形容大妖怪的詞彙，比如移山填海，比如縮地成寸，比如翻雲覆雨這一類的，但在真正面對的時候，只覺得連語言能力都消失得一乾二淨。

見識限制了我的想像力。

林木眼尖地瞥見了一隻野豬，像是小螞蟻一樣被宛如海嘯掀起來的土層淹沒了，毫無反抗之力。

「人類也可以做到。」晏玄景說道：「人類的武器也很不得了。」

「可是我沒親眼見過。」林木拍了拍自己被嚇呆了的臉，「這也太……」

這樣的力量，在人類眼裡已經是災難了。

怪不得總說不能讓過多大荒的妖怪進入中原——這樣的力量不需要太多，隨隨便便來一兩個強悍一些的，就足夠推翻人類如今平穩的環境。

而他們一旦在中原開始興風作浪，給其他幾個世界所帶來的便是毀滅性的影響。

從林木的理解來說，在中原削平了兩座山頭，大荒之中對應的地方，就會發生巨大的異變。

山崩地裂也好，憑空消失也好，都會給大荒帶來一些不得了的變化。

林木直接見識了這樣可怕的力量，終於明白為什麼之前來公所辦事處合作的人類，一聽說大荒那邊興風作浪的妖怪過來了，就一副想要原地爆炸的表情。

這甚至比幾個人類原地爆炸要可怕多了，林木想。

晏玄景辨認了一下，說道：「是晏歸的力量。」

實際上林木在自己家種的那些朝暮的用處，遠比他想像中要有用得多。

朝暮的特性是黏上了就甩不掉，只要沒有燒盡，就能夠一直不停地燒。

就好比被火焰點燃的豆萁，只要不燒完，火是不會滅的。

晏歸看著面前那一團被綠色火焰所包裹的怨氣，感覺他的對手腦門上正在不停冒出 [HP-1] 的訊息。

雖然微乎其微，但確實存在著一定的削弱效果。

晏歸在炸了兩座山頭試探過之後，感覺自己絲毫不慌。

他以前跟帝屋打起來的時候，基本上是一人一半的勝率，雖然彼此沒有認真，不過大體來說也是差不多的水準。

這怨氣可比帝屋本身要弱得多了。

甚至連人形都沒有。

——尤其是它一直都沒有跟晏歸正面打的意思，而是總想要繞開晏歸去找被晏歸藏在後方的帝屋。

帝屋倒是相當信任晏歸，在自己面對過那個怨氣之後，他也發覺了對方正面對抗的實力遠不及自己當年。

雖然已經足夠暴打十個現在的他了，但無所謂啊。

需要直接面對怨氣的又不是他。

他好整以暇地蹲在帝休身邊，除了他之外，被帝休庇護的還有自家溫室那幾個，以及一些跑過來請求庇祐的小妖怪。

再加一個愁眉苦臉陷入自閉的山神。

帝休本體在主峰山頂瘋狂吸取日華填充自己，而人形則跑到了山腹的通道處。

不少妖怪都在這邊出事的時候從通道溜了，留下來的都是一些弱小可憐去了大荒鐵定死無全屍的小妖怪。

而帝休把青要山的主峰牢牢護住了，只要主峰不出問題，山神就不會有什麼問題。

只不過把人家的領地當成戰場這件事，帝屋臉皮厚不覺得有什麼，帝休還是覺得很不好意思。

「沒事嘛。」秦川左掏掏右摸摸，摸出一副撲克牌和一箱麻將，說道：

「大不了我在你這裡待個幾年幫你把山養回來吧，都是小問題。」

山神聞言，掀了掀眼皮，哀哀地嘆了口氣。

帝休想了想，說道：「帝屋留下來幫你修整山勢。」

正打開麻將箱子的帝屋動作一頓，不服氣道：「為什麼啊?!」

「因為這是你的麻煩。」帝休說道：「反正你現在這個樣子肯定不可能跟我們一起回大荒去。」

帝屋一咂舌，剛想說點什麼，就被秦川纏上了。

秦川整條龍脈喜氣洋洋，「那我跟帝屋一起待著嘛！」

帝屋面無表情地把他從身上扒下來，放到了對面去，數了數人數，發現麻將三缺一——他非常乾脆俐落地把輸了喜歡耍賴的秦川排除出去了。

帝屋左思右想，一拍腦門，摸出手機打了通電話給林木。

林木接到帝屋電話的時候，正趴在牛奶糖腦門上看晏歸跟怨氣大戰的第五十回合。

晏玄景負責解說。

林木發現怨氣好打歸好打，但要完全弄死好像還真沒什麼直接乾脆的方法。

用解說席的牛奶糖的話來講，就是原本帝屋的力量是完剋怨氣這種東西的，按照正常情況來講，把帝屋跟怨氣關在同一個空間裡，用不了幾天怨氣就消散得一乾二淨了。

但這個怨氣卻是從帝屋的力量之中誕生的，跟帝屋力量相似的壓制手段完全沒有效果。

打散了翻滾幾秒又可以重新聚起來，滑不留手抓也抓不住，除了一直在它身上燃燒著的朝暮確實讓它有所損傷之外，晏歸的攻擊只起到了阻攔和拖延的作用。

晏玄景說照著這個勢態下去，只有晏歸無限度地一直拖到它被燃燒殆盡這一個結果。

林木接通了帝屋的來電，剛準備詢問對方的安全，就聽帝屋說道：「大侄子，麻將三缺一，你要不要過來啊？我們在青要山主峰山腹裡，就那條通道那裡。」

林木一愣，他看了看在那邊打天打地的晏歸，遲疑著問道：「打麻將？」

帝屋那邊傳來了「嘩啦啦」洗牌的聲響，懶洋洋地說道：「對啊，順便帶點吃的喝的來，等你啊。」

說完就掛斷了電話，無情地把秦川趕去跟小妖怪們打撲克牌。

林木看著被掛斷電話的手機螢幕，愣了半晌，表情逐漸變得不敢置信。

打麻將?!

晏歸在這邊拚天拚地拯救世界，你們在後方打麻將?!

第二十六章

Public Office of Non-human Affairs

林木想著剛剛掛電話之前聽到的麻將聲，又看了一眼那邊的晏歸，覺得這樣是不是有點過分。

他輕輕拉了拉晏玄景的毛，還沒來得及說什麼，晏玄景就乾脆地扭過了頭，朝市中心奔去了。

林木滿頭問號，「你去哪啊？」

晏玄景十分冷靜地答道：「去買吃的喝的。」

林木：「？」

不是很能理解你們大妖怪。

「可以放著晏歸不管嗎？」林木問。

「反正也幫不上忙，不拖後腿就行了。」晏玄景落地變成人形，拉著林木進了賣場。

山裡的動靜並沒有傳到市區來，市中心依舊熱鬧非凡。

從賣場透明的天窗望出去，還能看到只隔著一條大馬路的金融大廈。

林木對這裡印象相當深刻，他原本看中想要開間花店的位置就在這附近。

他認認真真地研究過這一帶，租金相當高昂，當然了，人流量也相當驚人。

林木還記得自己在進入公所辦事處之前的計畫。

——先找份規規矩矩的公務員工作，有點存款之後想辦法做點小投資或者是別的什麼，慢慢累積起資金，然後辭掉工作，在金融大廈對面開間店面。

林木知道，有不少白領在上班路上會買一束花帶去妝點一下冷冰冰的辦公室，人流量那麼多，只要他存款足夠，堅持到盈利並不困難。

開間花店天天跟花花草草作伴，是媽媽希望的生活。

那個時候他總想多留存一些關於媽媽的記憶——那畢竟是他存在於這個世界的起始，是他的根。

只是以前算盤打得劈啪響，這些想法全都死在了報到的第一天。

林木並不常來市中心，現在來了之後反而感慨萬千。

晏玄景一點都沒有躲避他人向他們兩個投來的視線，牽著林木大搖大擺地進了超市。

晏玄景在貨架前停下腳步，林木還在出神，迎頭撞了上去，反應不及順手就抱住了晏玄景的腰。

狐狸精偏過頭來，「在想什麼？」

「在想以前的自己。」林木跟在晏玄景背後，嘮嘮叨叨說了一堆自己以前幼稚又天真的想法。

「現在想想，是真的很幼稚——」林木說完自己都笑了笑，轉頭推了兩輛購物車過來。

「你說的那個集團最近情況不是一直都不太好嗎？」晏玄景一邊說著，一邊直接橫掃了一整排貨架，每種零食都拿了兩三個。

「哎？」林木愣了愣，「你竟然有留意到這個？」

林木自己不太關心財經類的東西，所以壓根就沒在關注這方面的新聞，自然對於他外公那邊的情況不怎麼清楚。

總是會留意外公那邊的情況是前幾年還不懂事的時候做的事，看著新聞就指望人家出點什麼事，這種行為實在有點像陰溝裡的老鼠，自己什麼都做不到，只會無能憤怒。

反正有了自己要做的事情之後，林木就不再看那些了。畢竟什麼都沒有自己過得好來得重要。

晏玄景搖了搖頭，「只是順便看了看。」

林木知道最近晏玄景在做人類社會觀察這種研究，所以對於他搜集報紙並閱讀這種事也不覺得奇怪。

「欸……現在的話，我其實無所謂了。」林木看著立刻被塞滿了的購物車，把另一輛推了過來，「反倒是希望兩個舅舅能有個好點的結果吧。

「我現在已經不能算是單純的人類了……這麼一想就感覺好像跟他們隔了一整個世界似的。」林木嘀咕道。

「感覺以前很在意的一些事情就好像隔了一層紗，慢慢就有點記不清了。」

晏玄景聞言，拿著一袋洋芋片，轉頭看了林木一眼，然後點了點頭，「嗯。」

這一點，九尾狐倒是沒有多意外。

脫離了普通人類的範疇之後，嚴格來講，跟人類就不能算是同一個種族了。

讓林木現在去跟以前認識的同學和朋友一起吃飯聊天，他肯定會有種格格不入的感覺。

倒不是說異種的高傲態度之類的，而是確確實實的，他們身處在普通人類裡，就是有一種突兀的異質感。

等去大荒過了一段時間，林木屬於人類這邊的牽絆會越來越少，最後能被他記掛在心上的，只會有曾經給了他最美好記憶的媽媽而已。

「我再去推幾臺購物車來。」林木說道。

晏玄景點了點頭，又去掃了一堆飲料。

大概是緣分使然，林木在取購物車的地方遇到了他小舅舅一家。

他和小舅舅齊齊一愣。

「……」林木呆了好一會，而後點了點頭，喊道：「小舅舅。」

林宏闊被他喊得一愣，嘴唇顫抖了兩下，然後擠出個笑容來，應聲說「好」。

他向自己的家人介紹道：「這是林木——我一直跟你們提的。」

「我記得。」神情溫和的婦人對林木露出笑容來，「家裡的秋菊開得很好。」

「舅媽好。」

林木對他們笑了笑，拉了三輛購物車出來。

這還是林木頭一次正式跟小舅舅一家人見面。

他們看起來過得挺不錯，林木記得應該是他表弟的男孩子已經大三了，而表妹今年剛念大一。

林木跟他們打了招呼，推著車就準備走，「你們慢慢逛，我先……」

「一起逛吧。」小舅舅說道。

林木猶豫了一下，說道：「我跟我男朋友一起來的。」

小舅舅一家齊齊一愣，「男朋友？」

「嗯。」林木點了點頭。

小舅愣住了。倒是小舅媽最先反應過來，柔聲問道：「他對你好嗎？」

「很好。」

林木又露出笑容來，這個笑容變得真實了許多，他嘴角兩個酒窩甜滋滋的，肉眼可見的心情很好。

氣氛變得好起來，小舅舅欲言又止，止言又欲，最後想說的話被小舅媽一腳踩回了肚子裡。

他在背後跟自家兒子女兒推著購物車，悶悶地不說話了。

林木看了他一眼，想了想，還是說道：「我最近打算跟他出國去——以後大概不會再回來了。」

小舅舅霎時瞪圓了眼，剛要說什麼，被自家兒女拉到後面去，認認真真地說明了一下國內外同性戀的生活環境。

小舅媽倒是理解地點了點頭，說道：「也好。」

「也麻煩您告訴一下大舅舅了。」林木說道。

他的牽絆不多。

老同學不會特意尋找他，朋友也沒有十分親密的，鄰居倒是有，但搬走就再也沒關係了，親人更是只有這兩個。

仔細一數，要去大荒的話，需要告別的人一隻手就數得過來。

「那青要村拆遷的事呢？」小舅舅細聲細氣地問道。

「需要。」林木答道：「我可以考慮把那塊地買下來嗎？」

小舅舅問：「你不是都要出國了？」

「但這塊地我想要。」林木看著貨架旁已經放滿兩輛購物車、正抱著一大堆零食無處可放的晏玄景，笑彎了眉眼，輕聲說道：「萬一哪天媽媽回來了，我怕她找不到回家的路。」

晏玄景偏頭看過來，林木推著三輛購物車小跑步過去，讓他把懷裡的東西都放進車裡。

幾個人類愣愣地看著晏玄景，直到狐狸精冷淡的目光掃過他們，才打了個顫，恍然回神，收回了視線。

他們站在貨架那頭，猶豫著止步不前。

晏玄景低聲問道：「那是你舅舅？」

「嗯。」林木點了點頭，轉頭看了一眼那邊，發覺他們最終還是靠過來了之後，對晏玄景說道：「我準備把那塊地買下來。」

——嚴格來講，已經轉世的魂魄根本不會跟上一世有什麼瓜葛。

晏玄景本想這麼說，但看著垂眼挑選著零食的林木，到嘴邊的話轉個圈又吞了回去，他點點頭，說道：「暫且讓秦川他們幫忙看著就好。」

再不然，在那裡增建一間公所辦事處也是可以的，正好距離通道很近。

林木向他伸出了手，「我可能缺點錢。」

晏玄景乾脆地把卡給了他。

反正是帝屋的那些下屬供奉的錢，不花白不花。

林木把卡收好，整個人都變得愉快了不少。

把林木跟晏玄景的對話全聽完了的幾個人類神情有些複雜，他們目光在林木和晏玄景之間轉來轉去，一直轉到他們掃完了所有的零食貨架，也沒能說出點什麼來。

——每一次想開口的時候，林木那個男朋友都會用冷冰冰的目光看過來，神情相當冷漠，讓人根本不敢出聲。

林木自覺地跟唯一需要打招呼的親戚打好了招呼，推著一大串購物車高高興興地結帳離開了超市。他找了個沒有監視器的小角落把零食都塞進布袋，被牛奶糖背著一路風馳電掣，剛進山，就被濛濛霧氣蓋了滿臉。

林木輕「咦」了一聲：「這個是……聶深吧？」

「嗯，應該是察覺到氣息所以轉回來了。」牛奶糖視野倒是一點都沒有受阻，轉頭熟門熟路地進了主峰的山腹裡。

他們一進去，就聽到了淅瀝嘩啦的搓牌聲。

一團麻將桌，一團撲克牌桌，還有一群小妖怪在旁邊玩跳格子和橡皮筋。而撲克牌桌和麻將桌之間背對背坐著兩個被害者。

一個聶深，一個秦川，他們身上都被貼滿了紙條，隱隱約約還可以看到紙條下面的臉上、手臂上，都被畫滿了醜得要命的紋身圖案，臉上看起來好像是隻橫跨整張臉的大王八。

帝屋一搓手，「聶深點炮，清一色碰碰胡杠上開花！貼條！」

林木看到聶深在層層紙條之下的神情，看起來比第一次見面時還要茫然。

林木看著幾乎被貼得不成人形的秦川和聶深，重重嘆了口氣。

「你們不要欺負聶深啊。」他說著走上前去，打開布袋，把裡面的小零食都拿了出來。

幾個小妖怪探頭探腦地看到一大堆零食，在林木對他們招了招手之後，歡呼著跑了過來。

帝屋也放下準備往聶深身上貼的紙條，隨便拿了一包燒烤口味的洋芋片和一瓶肥宅快樂水，拆開包裝，說道：「我這是在讓他體會人間險惡。」

林木：「……」

我覺得聶深已經體會得夠多了。

林木翻著零食堆，也不知道聶深喜歡吃什麼，於是拿了包玉米棒出來，剛準備給聶深，就發現聶深手裡已經被帝屋塞了一瓶青草中藥苦茶。

帝屋滿臉嚴肅地對聶深說道：「這是專給人類之中勇士的茶。」

秦川在旁邊撕掉自己身上的紙條，順手幫這個難得運氣跟他有得比的半妖也撕了。臉上畫著隻大王八的龍脈看了看聶深手裡的茶，又看了看臉上畫著朵向日葵的聶深。

他想了想，然後睜眼說話：「對對對，這是專門給人類勇士的！」

林木：「？？？」

這兩個老妖怪當真壞得很。

他正準備阻止這種行為，剛一開口就被帝屋塞了一隻小人參過來。

小人參正吃著一包魷魚絲，突然被放進林木懷裡，滿臉茫然地仰起頭。

而那邊聶深已經被哄騙著轉開了瓶蓋，喝了一口堪稱生化炸彈的青草中藥苦茶。

幾道目光全落在他身上。

聶深面無表情地喝了一口，面無表情地蓋上，面無表情地轉好蓋子，面無表情地對上了幾個妖怪看向他的視線，腦門上冒出個問號來。

曾經嘗試過這款飲料的幾個妖怪問號比他更多了。

帝屋遲疑地看了一眼聶深手裡的瓶子，轉頭看了一眼晏玄景和林木，問道：「你們是不是偷偷把這個掉包了。」

晏玄景保持著一種微妙的神情看著帝屋，然後搖了搖頭。

帝屋有些失望地嘀咕了一句，把聶深手裡的茶拿過來，打開瓶蓋聞了聞，然後露出了並不是很想回憶的神情，蓋上了瓶蓋，無情地扔到了一邊。

聶深有些茫然地接過林木遞過來的玉米棒，說道：「那個勇士喝的水，沒有什麼特別的。」

「……他們騙你的。」林木嘆氣，拿了幾張溼紙巾出來給聶深和秦川擦臉，「那個飲料很難喝。」

聶深吃玉米棒的動作一頓，抬頭看了一眼轉頭去找其他零食吃的帝屋，伸手把他那一罐可樂拿過來，轉開苦茶的瓶蓋，十分冷靜地把生化炸彈灌進了可樂裡，然後原封不動地放回了剛剛的地方。

旁觀了一切的幾個妖怪對這兩人幼稚的程度嘆為觀止。

聶深對於好吃還是難吃這件事情沒有什麼概念，因為他本身沒怎麼吃過正常的食物，對於美食的定義跟正常人隔著十萬八千里的認知差距。

林木看著默默做完了一切彷彿無事發生的聶深，決定當作什麼都沒看到。

他轉頭拿了一組大富翁出來，剛跟聶深解釋完規則，那邊帝屋就噴出了一口飲料，一跳三尺高。

「誰幹的?!」帝屋問道。

一群非人類轉頭看看他，神情一個比一個還無辜。

帝屋罵了一聲什麼，被帝休用魷魚絲無情地堵住了嘴。

「不要在小孩子面前罵髒話。」帝休溫聲說道。

帝屋「哼」了一聲，拉上晏玄景頂替了聶深的位置，淅瀝嘩啦搓起了牌。

聶深看著他們，眼中似乎帶上了些許柔和與愉快的神色，剎那間浮現，又飛速逝去了。

他認真地聽著林木向他解釋大富翁怎麼玩。

跟帝屋這種一來就說「輸幾次你就知道規則了」的不負責任傢伙不同，

林木說得相當詳細。

山腹距離晏歸跟怨氣衝突的地方並不遠，但山腹裡還沒有山外的動靜大，大概是被什麼術法加持過。

林木搖著骰子，順口問道：「晏歸那邊真的不用管嗎？」

「沒辦法管。」帝屋答道。

帝休補充，「暫時沒辦法管。」

林木抬起頭來，微微一愣，「嗯？為什麼是暫時？」

「我沒辦法啊，那是我半身，難不成我還能殺我自己？」帝屋憂愁地嘆了口氣，「再等十天半個月吧，晏歸要是處理不好，就看看帝休行不行。」

日月精華的作用比什麼靈藥都大，十天半個月雖然不能讓帝休恢復十之一二，但以帝休天生可以消磨怨氣的特性來講，也足夠累積出一點處理怨氣的力量了。

畢竟怨氣就是因仇怨心魔而生，帝休有著能讓人忘卻仇怨煩憂的天賦。

「這樣啊……」林木恍然點頭。

怪不得之前牛奶糖要借助他的妖力來壓制怨氣——原來是因為如此。

帝休和帝屋絕口不提犧牲聶深這個可能性。

聶深畢竟曾經跟怨氣融為一體過，跟怨氣的連結就只比帝屋本身差一點點，要不是他行動力相當強悍擺脫了怨氣，現在也許已經被怨氣侵蝕得再也沒有自我了。

如果發生了那種情況，聶深跟怨氣就完全是一體了。

聶深就是怨氣，怨氣就是聶深。

殺死聶深，怨氣和他們兩個的因果都會隨之煙消雲散。

要是以前跟聶深沒什麼來往的時候，他們要犧牲這個妖怪時肯定不會有什麼猶豫，但現在有所關聯了，總是不願失去任何一個。

畢竟能夠完全沒包袱地跟他們一起玩的妖怪也沒幾個。

更何況聶深是個半妖，從長遠考慮，把他留下來，在教導林木如何激發天賦讓妖力變得更得心應手這一方面，遠比他們這群從成精起就可以順順利利運用妖力的妖怪要好得多了。

畢竟妖力的運用於他們而言就是呼吸。

你會知道如何教授一個人怎麼呼吸嗎？

正常人都不會。

晏玄景之前的直男行為真的已經是他非常努力思考的結果了。

最終思來想去，聶深竟然是最合適教導林木的那個。

所以不論從哪方面來想，帝屋和帝休都不是很願意提及讓聶深犧牲這個方法。

「不是說解決掉怨氣的話，帝屋要背起因果嗎？」林木看著兩個長輩彷彿胸有成竹的樣子，嘀咕，「我看帝屋一點都不慌啊。」

「我慌啊？誰說我不慌，我都慌死了，但是慌有什麼用，我慌也幫不上忙啊——還不如琢磨一下之後我要怎麼消化掉那些因果。」帝屋懶洋洋地說著，拿了張牌，「哇靠，天胡！」

帝休抬眼看他，「不要說髒話。」

「哎，我今天牌運這麼好，搞得我好不安啊。」

的樣子。

帝屋攤開了牌，撕了紙條往晏玄景他們臉上貼，倒是一點都看不出不安

「根據歐非守恆定律，我之後必倒楣！」

秦川在旁邊打撲克牌，聽到帝屋這麼說就不服氣了。

「我倒楣這麼久，也沒見運氣好過啊！」

「……」帝屋語塞半晌，沉思兩秒，差點就被說服了，「我覺得你還活著運氣就很好了，一般妖怪這麼倒楣早就死了，偏偏你還能成精、還能活蹦亂跳。」

秦川一想，覺得也是。

帝屋震驚地看著秦川，小小聲跟旁邊的帝休說道：「我以前怎麼沒發現他這麼好騙。」

帝休轉頭對他露出笑容，然後優雅地翻了個白眼。

旁邊的聶深彷彿一點也沒注意到他們的話題，專注地看著面前的大富翁棋盤，玩得很認真。

林木看他挺感興趣的樣子，乾脆也跟著認真玩起來，把秦川從家裡帶來的所有棋牌類遊戲全玩了一遍。

玩完之後又教聶深玩一些他自己小時候的小遊戲，比如打彈珠翻花繩橡皮筋跳房子之類的——他隱隱約約可以從聶深身上察覺到一些微妙的情緒。

晏玄景看著聶深和林木兩個在一旁，一個認真教，一個認真學，可惜聶深一個新手，一直在輸。

「除了這些，人類還發明了好多好玩的東西，不過我工作比較忙，之後可以讓牛奶糖或者帝屋他們帶你去。」林木正跟聶深下著跳棋，說到這裡時微微一頓，後知後覺地意識到，之前聶深是準備去徹底殺死怨氣才往大荒去的。

他察覺到氣息所以回來了，恐怕也是為了殺死怨氣才回來的。

林木愣了好一會，直到聶深輕輕一拍手，他才回過神來。

「我贏了。」聶深說道。

他臉上的神情顯得異常輕鬆。

並不是之前總是帶著幾分陰沉的格格不入，也不是總在試圖回憶什麼的呆愣和木然。

而是完全輕鬆，彷彿已經沒有煩憂的放鬆。

這裡有兩棵帝休，近距離待了這麼久，會有這樣的情緒似乎也很正常。

林木低頭看了看棋盤。

這一局聶深的運氣相當好，一路暢通無阻橫掃了棋盤，暢通到林木都覺得他作弊了，但沒有證據。

晏玄景的目光難得從林木身上挪開，輕飄飄地放在了聶深身上。

秦川湊過來，手裡拿著幾張卡，說道：「來玩狼人殺吧，聶深不會玩，他當上帝看一看學一學。」

幾個百無聊賴的非人類沒有一點意見，聶深偏頭聽了林木的解釋之後，也點了點頭。

妖怪們圍成一圈坐好，第一次有了這麼多玩伴的山神興致勃勃地從外面搬了個被削斷的大樹墩進來當桌面。

聶深站在他們旁邊。

山腹裡的採光沒有特別亮，光源來自於掛在頂上將熄未熄的幾盞燭火。

搬了個大樹墩進來之後，晏玄景上去取了一盞下來，放到桌子中間。

「天黑請閉眼。」聶深輕聲說道。

除了林木和秦川以外，沒有人閉上眼，只是微微皺著眉，看著他。

聶深微怔，張了張嘴，又不知道能說些什麼，最終留下一聲「謝謝」，帶著些被看透的狼狽，化作了霧氣，奔向外面轟隆作響的地方，離去了。

有誰無聲地嘆了口氣。

燭火輕輕晃動了一瞬。

那光是橙黃色的，溫暖而穩定。

林木等了很久都沒有等到下一句。

他茫然地抬起頭來，看了一圈，發現大家都沒有閉上眼，而聶深不見蹤影。

他微微一頓，心裡隱隱有些不大好的預感，輕聲問道：「聶深呢？」

晏玄景坐在他旁邊，抬手輕輕揉了兩把林木的腦袋，沒有說話。

林木倒是十分冷靜。

沒有人回答他，他也十分乾脆地問道：「他去外面了？」

帝屋抬眼看看他，輕「哼」了一聲。

「我就覺得他情緒怪怪的。」林木說完嘆了口氣。

現在即便帝屋他們不告訴他聶深去面對怨氣會有什麼結果，林木自己也能猜得到了。

恐怕是已經做好了赴死的準備。

會趁他們閉上眼的時候走，大概是不想讓他們看著他離開吧。

出乎意料的體貼和溫柔。

林木低頭看看自己手裡的身分牌，是張預言家。

「也不一定會死吧。」他說道。

決定去面對死亡是聶深自己的決定，他造了那麼多孽，本來也該以命相償才是。

這一點林木還是十分清楚的，只不過站在他的立場來說，聶深自己也是個被害者，加上他還救過譚老師，所以能幫一把就幫。

但現在知道聶深自己決定結束掉這一切了，林木也沒有什麼太大的反應。

總歸是要贖罪的。

是用命來贖罪還是苟活用功德來贖罪都一樣，只不過聶深選擇了前者。

不過如果可以的話，林木還是希望聶深能夠活下來。

從大義來說，這些因果業障是扯不清的，但從私心而言，林木並不希望聶深死。

畢竟對於他來說，聶深真的是個慘得讓人不忍看的倒楣鬼。

甚至比秦川還要倒楣一點。

不過這是聶深自己的決定，林木覺得他也沒什麼好說的。

晏玄景偏頭看了一眼林木，拿了包麻辣鳳爪塞給他，點了點桌面上的身分牌，問道：「還玩不玩？」

「玩啊。」帝屋點了點頭，閉著眼晃了一圈，點到了林大羞，「林大羞去當上帝。」

林大羞在旁邊玩抽鬼牌，被點到之後縮了縮脖子，站了起來。

林木拿著自己的預言家牌，突然想起了自己的房子，問道：「我家被你們放哪去了？」

「放到秦川老家了。」帝屋說道：「很安全的地方。」

林木嘆氣，「不能把房子放進布袋裡帶著走嗎？」

帝休搖了搖頭，「家裡零碎的東西太多了，縮小了要是掉出什麼來，找都找不到。」

也是。

扔布袋裡晃一晃，別說那些零碎的東西會掉了，大概整個房子都會垮。

山腹裡一群人一邊玩著，一邊聽著外面「叮鈴匡啷」一陣響，比起之前還要熱鬧。

帝屋仰頭看著頭頂那幾盞晃蕩的燭火，說道：「……外面還挺激烈。」

外面確實是相當的激烈。

聶深並不擅長正面對決，他的霧氣將整片山脈都覆蓋了，敵我不分地將所有生靈都拉入幻境。

晏歸在察覺到他來的瞬間就停下手，但看著眼前出現的面孔，一咧嘴，手上「唰」地就冒出了一大團豔烈的火焰。

出現在他眼前的幻象並不是他心中最敬重的那個人，而是被他自己列為第一討厭的狐狸精。

——也就是把青丘國國主這爛攤子扔到他身上的上一任國主。

實不相瞞，晏歸想暴打她很久了，可惜這隻狐狸滑不留手，抓都抓不到。

抓不到本體，打幻影也很爽！

晏歸一手托著火焰，興致勃勃熱火朝天地投入了戰鬥。

而怨氣這邊，浮現在幻境之中的，是它一心想要找到的帝屋。

灰黑色的霧氣驟然大漲，帶著始終未曾熄滅的綠色火焰，猛然撲向那道虛幻的身影。

聶深站在高處，看著幻境之中托著火焰對怨氣瘋狂攻擊的晏歸，又看了看對著帝休撲過去，卻被帝休的力量燒灼得翻滾不停的怨氣，小心地調整著幻影的動作，試圖再多削弱一些怨氣。

在山腹裡的帝休微微一頓，下意識抬起眼來。

林木順著他的目光看過去，「爸爸，怎麼了？」

「沒什麼。」帝休搖了搖頭，運起妖力將不小心燒到他本體上的晏歸火焰撲滅了，說道：「晏歸好像打得很開心。」

帝屋倒是不怎麼意外，「打沙包當然開心。」

怨氣這種東西，平時找不到怨恨目標的時候，就對周圍進行無差別攻擊，可一旦鎖定目標，便根本不會管周圍的其他人了。

這是一個相當明顯的弱點，就跟被發覺了本體弱點的妖怪一樣。

林木看看這個，又看看那個，問道：「你們以前怎麼處理怨氣的？」

「以前大荒裡專業處理怨氣的，是我。」帝屋指了指自己，「只要我一靠近，怨氣就會消失掉。」

但顯然，這個怨氣並不適合這麼做。

帝休也可以，不過以前帝休都被晏歸他們死死保護著，不會去做這類事情。

而現在他元氣大傷，要處理好並不容易。

畢竟怨氣沒有實體，本來就很難抓到，再加上這個怨氣生靈這麼多年了也算有些道行，只要它還存在，就可以教唆任何一個妖怪。

——任何一個。

沒有誰的心靈是天衣無縫的，而只要有一丁點縫隙，就足夠讓怨氣有文章可做。

就連晏玄景的母親都沒能完全抵擋住這團怨氣，讓他有了逃脫的機會，那別的妖怪就更不用說了。

「我當初就是覺得我的力量對怨氣天生相剋，才會把怨氣塞過去的啊。」帝屋嘆氣，「本來只是想給那些搞我的妖怪一點教訓。」

誰能想到最後石頭會砸到自己這裡來呢！

「欸……」林木撐著臉，「那不是沒辦法了嘛。」

「等你爸爸啊。」帝屋說道：「而且晏歸可能有別的方法也說不定——誰知道外面瞬息萬變的現場會不會有什麼驚喜大禮包等著他。」

那隻狐狸精最會打蛇隨棍上了，他們以前還年輕的時候，在外面狼狽為奸鬧事，每次眼看著要翻船了，都是晏歸突然抓住個機會，然後兩個人逆轉局勢開溜，拍拍屁股下次再來。

必要的時候這隻狐狸還會把幾個朋友先送入敵營，過上一年半載再姍姍來遲地來救他們。

就像哆啦A夢一樣，小小的腦袋裡全是亂七八糟的想法。

只不過手段狂放歸狂放，但在這種大事上，晏歸是相當靠得住的。

「你永遠可以相信晏歸。」帝屋說道：「畢竟我從來沒有摸清楚過晏歸這隻狐狸的下限。」

他話音剛落，外面「叮鈴匡啷」的響動驟然一靜，緊接著就是一聲讓整個山腹都搖晃震動起來的巨大爆炸聲。

晏玄景抱起林木護在懷裡，揮開了幾盞頂上落下來的火燭，剛抬頭，便有一絲光明驟然劃破了山腹的昏暗。

天光一閃，破開的洞口滾進來一團灰撲撲的毛茸茸動物。

晏歸灰頭土臉地爬起來，甩了甩毛，變回人形，滿臉驚魂未定。

「幹，嚇死我了！」晏歸甩著身上的土塊，心跳得「咚咚」作響，「哇賽，這小半妖是從哪裡得到了自爆敢死隊的靈感嗎？莽撞地衝上去跟怨氣揉成一團就直接自爆，一點準備都不給，嚇死我了！」

山腹裡幾個非人類齊齊一愣。

晏歸毫無所覺，還在抱怨：「哇，他對帝屋幾千年的力量爆炸起來會是什麼結果真的沒有一點把握，就算是在大荒都要千挑萬選找一個偏僻點的地方爆炸，這個年輕小鬼怎麼這麼暴躁啊，你們都沒有告誡他一下嗎？」

林木愣了好一會，問道：「他⋯⋯自爆了？」

晏歸抬眼看看林木，說道：「要不是我眼疾手快，我跟你說，大半個神州都要被夷為平地，到時候三界六道全都得大地震。」

他說著，從自己的布袋裡摸出一個有人腦袋大的透明方塊來。

方塊裡一層套一層，像俄羅斯娃娃般裹著一團混沌的顏色。

隱隱約約可以聽見裡面傳來清脆的碎裂聲。

「喏。」晏歸隨手把東西塞給林木，繼續甩身上的土，「不過也多虧了聶深傻得要命跟怨氣融合了，這玩意是我跟我老婆當年專門針對蜃研究出來的東西，關不住怨氣但關得住聶深。」

林木抱著那個巨大的透明方塊，認真地看了看裡面。

最中心的那一團混沌是灰黑與白色交纏的霧氣，還有星點朝暮火焰的明綠。

仔細觀察，那團霧氣還在不停地翻滾撕扯。

最裡面那一層一層的透明隔板被反覆撞裂又不停重新恢復，爆炸帶來的震動讓一層層的隔板不停相互撞擊著，發出清脆的響動。

「這裡面是……聶深和怨氣？」林木愣愣地問道：「他們好像還在打架。」

「是啊。」晏歸點了點頭，「總比自爆好多了，不管他們誰贏誰輸，反正只要是聶深的身體，他們兩個就都出不來。」

林木張了張嘴，「……」

好喔。總比乾脆死了好。

帝屋倒是對晏歸總是拿出一些亂七八糟的東西一點也不驚訝，他從林木手裡拿起那個大方塊，舉起來看了看，問道：「那這個放哪裡？」

晏歸聞言眉頭一皺，思來想去半晌，說道：「掛帝休身上當風鈴吧。」

林木：「？」

你把這玩意叫風鈴？

晏歸自吹自擂道：「能削弱怨氣還能當風鈴，我覺得很不錯！」

晏玄景偏過頭，看到通道裡探頭探腦走出來一個妖怪。

是青丘國來的信使。

晏歸在那邊吹牛，完全沒有注意到那個妖怪。

晏玄景拿到信，掃了一眼上面的內容，又看了看山腹裡那個巨大的通道入口，偏頭對林木說道：「是母親來的信。」

晏歸那邊耳朵一動，馬上不吹牛了，「唰」地一下湊了過來。

晏玄景想到信裡寫的那些動物名單，冷酷地把信塞回了懷裡，對晏歸說道：「母親叫你解決完事情儘快回去。」

晏歸立刻說好，拍拍屁股轉頭就進了通道。

晏玄景目送著他離開，遲疑了一瞬，手上微微摩挲著剛剛送達的信箋，對林木說道：「母親還說想見你。」

——當然，原話並不是如此。

晏玄景母親的原話是：帝休的孩子在大荒肯定超級搶手，我們趕緊定下來，回頭被你那群叔叔伯伯什麼玩意的搶走了你哭都沒地方哭。

晏玄景覺得有理。

他向林木伸出手，聲音變得和緩而溫柔，問道：「你要跟我一起回青丘國嗎？」

林木一怔，看了看晏玄景的手，又偏頭看了一眼帝休。

他的爸爸正微笑看著他。

林木乾脆地握住了晏玄景的手。

「好啊。」他說道。

——《非人類公所值勤日誌04》完

番外之一

Public Office of Non-human Affairs

林木把秦川搬回來的房子裡零零碎碎的東西收拾裝好，準備直接搬到大荒去。

他清理著閣樓的雜物，帝屋他們在旁邊時不時扯一下後腿，然後被也要跟著去大荒的小人參趕到了一邊。

「你們不要給林木添麻煩！」小人參叉著腰說道。

「沒關係。」林木揉了一把小人參的腦袋，手腳俐落動作熟練地整理著東西。

帝屋拿起一個剛被放進箱子裡的小本子，嘀咕道：「這個本子看起來好久遠了啊。」

林木偏頭看了一眼，「都是我小時候的東西。」

媽媽一個都捨不得扔，甚至他隨手扔掉一些之後，媽媽還會把本子從垃圾桶撿出來，重新清理乾淨之後妥善收好。

林木看著那個本子，回憶了一下，說道：「我小時候喜歡亂畫一些東西，媽媽就乾脆收集起來訂成冊收藏了。」

「用她的話來講，就是成長的痕跡要留下來，給以後的自己和親人看。」

林木說到這裡頓了頓，沉默地看著那一盒小時候沒有用完的蠟筆，過了半晌，突然說道：「其實應該是想留給爸爸看的。」

帝休安靜地坐在閣樓角落，也在幫忙整理著東西。

他的動作也很生疏，但終究不像帝屋一樣總是搗亂，只是效率稍微慢一些。

他聽到林木的話，抬起頭來，微微彎起了眉眼，沒有說話。

這些東西的確是給他看的。

帝休早就察覺到了——林雪霽始終堅信著他並沒有死去這件事。

帝休記得林雪霽曾經跟他說，照片是能夠留住時間的法寶。

文字也是。

所以她喜歡拍照，喜歡寫日記，偷偷將自己的時間留下來，等到以後翻看。

她也喜歡將自己的心思大大方方表露出來。

喜歡就是喜歡，討厭就是討厭，愛就是愛，她向來是直白而豔烈的，就像是夏日的驕陽，熾烈而無可阻擋。

只是在有了林木之後，林雪霽就因為擔心暴露林木的存在而不再寫日記了。

於是她更頻繁地拍起了照。

整座閣樓全是大大小小的紙箱，而這些紙箱，都是林木和林雪霽兩個人的時光寶盒。

林雪霽自己不寫日記，就哄林木寫。

就算林木不愛拍照，也依舊不高興地嘟著嘴被媽媽拍滿了幾大本相簿。

隨便打開一個紙箱，就全都是相簿、寫滿了各式各樣文字內容的本子、以及林木小時候的玩具。

有些很好看，是買來的，而有些醜得要命，是林木和林雪霽一起做的。

後來那些小玩具越做越好看了。

這座乾燥昏暗而擁擠的小閣樓裡的東西，拼拼湊湊整理一下，就能夠看到林雪霽去世之前完整的十八年時光。

可帝休始終沒能鼓起勇氣將閣樓裡的東西全部翻出來。

他知道這些東西並不完全是為林木以後能夠翻閱回顧而準備的。

有一半——甚至於一大半的原因，恐怕都是林雪霽為他而準備的。

她相信他沒有死去。

沒有死去，就總還會回來。

也許幾年，也許十幾年，也許等到林木老去了，他也不會出現。

但她還是將這些都記錄下來了。

她想要告訴他她的思念，她的生活，她的經歷和她的一切。

哪怕是已身已經消亡了，也依舊滿含著希望，想要從時光的洪流中抓住一縷細微的水流，悄悄收藏起來，等著不知何時會歸來的虛影，然後捧給他看。

每當想起林雪霽是以怎樣的心思將這些東西留存下來，帝休就感到異常膽怯。

膽怯到回來這麼久，都始終不敢將這些積了灰的時光打開。

帝屋倒是不明白這一點。

他看著那本裝訂得有點粗糙的畫冊，乾脆地打開來——

而後有些驚訝地輕「咦」一聲：「帝休，這不是你嗎？」

林木和帝休聞言齊齊一愣，起身過去看了一眼帝屋翻開的畫冊。

那一頁上畫著一棵樹。

一棵蒼青的大樹，翠綠的枝條向著五個方向伸展著，樹上頭畫著火紅的太陽和藍色的雲，樹下一大一小兩個火柴人手拉著手。

用蠟筆畫的，筆觸相當稚嫩，旁邊還認真地寫著這幅畫的名字：《大樹爸爸》。

帝休呆愣地看著那張畫，林木也是愣了好一會，然後撓了撓頭，說道：「我不記得是什麼時候畫的了。」

小時候發生的事情實在太多，讓林木印象深刻的大多都不是什麼愉快的經歷。

「不過我小時候挺喜歡畫畫的，因為畫畫比寫字有趣多了。」林木說著，轉頭繼續去收拾箱子。

帝屋翻著畫冊，托著臉頰推測道：「是什麼通靈夢吧？應該是林木夢到你了。」

帝休緩緩回過神來，點了點頭。

通靈夢並不算特別稀奇，還在幼年期的小妖怪偶爾能夠夢到一些模糊的畫面碎片，這些畫面通常是來自於血脈的傳承。

帝屋看了帝休一眼，乾脆把畫冊塞給了他，「你自己看吧，我去山裡幫忙了。」

帝屋和秦川答應了山神要留在這裡幫他復原養山，所以暫時要留在中原，帝屋渾身因果，留在中原比在大荒風險要小得多。

帝休目送著帝屋走了，低頭看看手裡的畫冊，輕輕摩挲著，聽到林木拉開膠帶的「唰啦」聲響，抬起頭來，說道：「把媽媽也一起帶走吧。」

林木剪斷了膠帶，封好紙箱，頭也不抬，「當然啊。」

父子兩個把家裡零零碎碎的東西都收拾好固定好，然後把房子交給了在山裡幫忙的晏玄景。

「我們去一趟墓園。」林木說道。

晏玄景看了一眼像夢遊一樣出神的帝休，乾脆跟著林木一起去。

帝休坐在計程車副駕駛座上發呆，手裡還拿著剛剛翻出來的畫冊。

到了墓園，帝休率先下了車。

林木付了錢，拉了拉晏玄景，兩個人留在了入口處的警衛室。

警衛室的貓還是那麼愛撒嬌，見到林木就蹭上來，軟綿綿地倒在他腳邊，尾巴圈著林木的腳踝，嬌滴滴地「喵喵」叫。

林木乾脆坐在臺階上，一邊揉著貓一邊向他那些客戶們告知不再做園藝的消息。

而公所辦事處那邊已經知道了他要離開的事情，也沒有多說什麼，只是毫不客氣地扣掉了他這個月的薪水。

晏玄景站在一旁，垂著眼看林木揉貓，又抬眼看向墓園裡的帝休。

跟上一次來墓園時不一樣。

這一次帝休不再只是一道虛影，而是真實存在的人形。

他站在那裡，在秋日的陽光底下顯得異常單薄無助。

林木按手機的動作停了下來，抬眼看向墓園裡。

帝休已經蹲了下來，正看著墓碑上的照片，訥訥無言。

「還是連話都不敢說啊。」林木視力極佳，看著盯著墓碑發呆的爸爸，嘆了口氣，「膽小鬼。」

晏玄景把視線收回來，抬手拎起了在林木懷裡打滾的虎斑貓，扔到了一邊。

「上一次就什麼都沒說。」林木微微偏過頭，「我猜我走了之後，他依舊什麼都沒說。」

「說什麼？」晏玄景對林木這番話有幾分困惑，「那個墳墓裡沒有魂魄，說什麼都無法傳達了。」

「不是傳不傳達的問題。」林木伸手拉了拉晏玄景的衣袖，把他也拉著坐下來，又說道：「墓碑這個東西，只是給生者一個思念的寄託而已。」

很多人有很多話是無法對活人傾訴的，但在死去的人墓前，他們卻可以說出許多。

抱怨、思念、仇恨、惡意、歡喜……

死去的人總是能夠沉默地接納一切傾訴。

「爸爸應該有很多話想跟媽媽說。」林木雙手握成拳，交疊撐著下巴，在秋日的夕陽中微微瞇著眼，「不說，大概是因為沒有真正釋懷媽媽的死吧。」

晏玄景聞言，抬頭看了一眼站在墓園裡的帝休，不太能理解這份感情。

林木看著晏玄景，微微嘆了口氣。

他能夠理解。

爸爸當然沒辦法釋懷媽媽的死。

——因為媽媽是始終懷著希望，在不知道有沒有盡頭的等待之中離開的。

如果是意外，如果是壽終正寢，如果是完全可預見的死亡，那麼作為經常面臨死亡的妖怪，當然能夠坦然接受。

就像是之前坦然接受了自己兄長死亡的小妖怪一樣。

但媽媽的死並非如此。

她在等待，在期待著希望。

她將帝休未曾參與的時光小心翼翼地留下來，等著他回家，想要給他一份驚喜。

可她還沒有等到，屬於她的一生就凋零了。

就像是林木知道帝休還活著時所說的那樣——

「你來得好晚啊。」林木當時是這麼說的，他說，「太晚了。」

帝休翻遍了書房，探索過閣樓裡的東西，滿足地窺見了時光中一絲半點的痕跡，卻始終沒有勇氣將之完全鋪展開來，欣然接受。

一旦完全接收這些，林雪霽在漫長的等待中死去的現實就會鋪天蓋地壓下來，讓他避無可避。

「膽小鬼。」林木再一次這樣說道，把玩著晏玄景的手，老氣橫秋地嘆了口氣，「還是經歷得太少了！」

晏玄景微微側目，反手握住林木的手，跟他十指相扣，提醒道：「按照成精的年歲來看，帝休少說也有三四千歲了。」

「可他真正出來接觸外界也沒比我多幾年啊。」林木數了數，然後點點頭，「甚至還比我短，畢竟爸爸被關了這麼多年，那些年不算。」

活了三四千年的老妖怪怎樣也不可能被這種情感牽絆住的，林木想道。對將要背負的罪責與歉疚感到恐懼甚至一直逃避，並不是一個成熟男人會做的事。

蹲在墓碑前發呆的帝休輕輕嘆了口氣。

——林木可沒有壓低聲音，而恢復本體之後妖力大漲的帝休把兩個小輩的話完完整整全聽到了。

「……被兒子看不起了啊。」帝休看著墓碑，小聲嘆息。

而後又輕聲說道：「不過他說得對。」

帝休說完這句，又發了好一會呆，過了半晌，才輕聲道：「那個時候很痛，不過我撐過來了，沒有死。

「可我也沒能逃出來。」帝休小聲地說著：「不過我的運氣比帝屋好多了，他到現在還得留在中原躲避因果。」

我的運氣也比秦川好，比蜃好，比聶深好。

帝休一邊想著，一邊說道：「比晏歸都好。」

晏歸追老婆追了四百年，哪有他來得幸運。

「我很幸運。」他說著露出了笑容，淺淺淡淡的，「要是妳活著就再好不過了。」

可惜。

人生不如意之事十有八九。

「還想謝謝妳相信我。」

可林雪霽終究還是沒能等到他。

帝休於是又沉默了下來。

他看了墓碑上的照片許久，終於拿出了林木給他的鑰匙，打開了墓碑底下的小基座，將裡面的骨灰罈取了出來。

「我記得妳說過很想看看大荒到底是什麼樣子。」

帝休將盒子細心擦拭乾淨，指尖輕輕點了點盒面。

「我帶妳回家。」

——番外之一〈後續〉完

番外之二
Public Office of
Non-human
Affairs

聶深沒想到自己還能有活下來的機會。

他從漫長而渾噩的混沌之中睜開眼，環顧一下自己，發現己身本該輕如薄紗的白霧變得灰撲撲的，透著一股不祥的氣息。

——是怨氣，但已經變得極為稀薄了。

他抬起頭來，看到近在咫尺的幾片翠綠樹葉，在一片漆黑的夜晚散發著薄弱的光亮。

有些像楊樹，但葉片要大上許多，還能窺見零星嫩黃色的花。

聶深有些恍惚地看了周圍一圈，情緒意外的平靜。

他隱約記得這些年一直在跟怨氣相互消磨的日子，磨到後來混混沌沌，也不知道自己還是不是自己，於是最終緩緩睡去了。

他接收了怨氣所有的因果，初醒過來，一時之間有些無法分辨自己到底是誰。

他睜著眼發著呆，過了許久，才後知後覺地意識到自己跟外界中間隔著好幾層厚重的隔板。

那些隔板上盡是裂痕，又以肉眼可見的速度一點點變得渾然一體，毫無痕跡。

聶深抬起手來，輕輕推了推眼前的隔板。

然後整片天地都輕輕晃了晃，發出清脆的「叮鈴」一聲，像極了風鈴的聲響。

啊，是被關起來了。

聶深恍惚間有了這樣的認知。

他慢吞吞地收回手，在小小的天地裡探看了一圈，半晌，想起了曾經有誰對他說過——

青丘國西城出來，往正南六百里，有個叫帝休谷的地方。你要是無處可去，就去那裡。

聶深迷茫許久，怔愣地看著懸掛著自己的那根枝條，平靜的心湖像是被蜻蜓輕點了一點，一圈一圈蕩開了安寧，掀起少許的波動。

這裡是帝休谷。

他沒有死。

他竟然真的來到這裡了。

聶深記不太清最後那段時間發生了什麼，但他清楚如今怨氣稀薄成這樣，必然是經年累月被安置在帝休本體身邊的緣故。

但如今帝休谷裡除了他之外沒有人。

帝休的本體在這裡，安安靜靜地盤亙在這座生機勃勃的山谷中，耳邊有流水叮咚，有草木竊竊私語，還有風輕輕掠過時搖晃著他的溫柔。

但帝休的神魂並不在此。

聶深躺在這一方小小的天地裡，隔著層層疊疊的隔板與枝杈綠葉，在風來的時候得以看到漏下來的幾許星光。

大荒之中的日月是虛假的。

日月的光亮先落到中原，而後才從中原進入大荒。

白晝時的大荒也不如中原的白晝明亮，天空總是蒙著一層淺紅色的霧氣，霧氣後一團火球劇烈地燃燒著，那是從中原投射進來的日華。

日華落入大荒各地，將大荒蘊養成中原不會有的豐饒——花開馥鬱，靈氣豐沛，四處都是能夠造就生靈奇蹟的機緣。

等到淺紅的霧氣被燃盡，才能在夜幕來臨之前的少許時刻窺見蔚藍如洗的天色。

蔚藍褪去，天幕的綢布被黑色浸透了，又有無數月華的流光從中原落進來，一遍又一遍滋養著大荒這一片世界，給予其中的諸多生靈生存所需。

聶深看著漫天的流光，無數月華落入山谷中，與發著瑩瑩光亮的帝休樹一同，像極了螢火蟲聚集的浪漫夏夜。

他安靜地等待著，發著呆，看過了不知多少個晝夜輪迴，終於想起了許多。

也有並非遍布淺紅色天幕的地方。

他記得鸞鳳說，夢澤裡的天，就永遠都是漂亮的藍色與淺淡的青綠色。

像是被山水浸透了的顏色。

不過那是在他的父親誤入大荒，又慌不擇路闖入了夢澤之後的事。

在那之前，蜃也從未去管過夢澤的天是什麼顏色。

鸞鳳並沒有見過聶深的父親，只聽蜃零星說過兩句。

聶深的父親在他出生之前就死去了，因為本來身體就不好，再加上無法適應大荒濃厚的靈氣，虛不受補，沒過多久就走了。

在他死去之前，給蜃編織了一個相當美妙的世界。

他說天該是藍色的，這水澤中該有渡口，該有鶴與鷺。

他說這水澤太過寂靜，該有萬鳥與百獸才熱鬧。

於是蜃將夢澤的天鋪上了藍色，在水澤中蓋了渡口與船，將許多不必要的生靈也庇佑了下來。

她是大荒之中唯一一個稱得上「仁慈」的大妖。

她並不外出，但也願意接納闖入夢澤之中的傢伙。

她將夢澤變成了那個人類男人口中的「桃源」，想著若是緣分未盡，在往後漫長的時光裡，總會有一個會編織美妙夢境和故事的人類，慌不擇路闖進夢澤裡來。

可惜她沒有等到，連她一心保護扶持著的孩子也沒能如她所願，平平安安地長大。

聶深又想起了一些小時候的事。

母親陪伴他的時間並不能說是很短。

只是他們這個堪稱奇蹟的種族，生長的速度實在是太慢了，慢到幾乎能夠跟那些神木媲美。

經過百年，也依舊是那副跟在母親身後蹦蹦跳跳的小不點模樣。

記憶裡母親曾經溫柔而無奈地說他不願意長大，而那時從未見過夢澤外的世界，總是跟母親緊緊相偎的他絲毫不明白為什麼要長大。

有母親在，為什麼要長大？

記憶裡他總是這樣說。

而母親也總是將他抱進懷裡，說沒有錯。

有她在，不長大也可以。

後來呢？

後來的事情聶深總是下意識跳過，不願再回憶了。

那並不是什麼令人愉快的記憶，即便到了現在，他也沒有重新將之挖出來的打算。

白晝又被擦上了黑色的痕跡。

風帶來了些許喧嘩的動靜，落入耳中顯得格外吵鬧。

聶深從回憶之中清醒過來，轉身看向聲音傳來的方向。

風鈴輕撞著發出幾聲脆響。

從外面踏進山谷的兩個妖怪齊齊一愣，其中一個將手中大包小包的東西往旁邊那道身影懷裡一塞，飛速跑了過來。

他站在樹下仰起頭來，問道：「你醒啦？」

聶深看著樹下的身影，想了許久，才回憶起對方的名字來，「林木。」

「是我。」

樹下的小帝休露出笑臉，跟記憶中一樣帶著甜滋滋的酒窩，緊隨著他的聲音而翻湧起來的回憶接踵而至，盡是些使他輕鬆愉快的內容。

他聽到林木說道：「你都睡了七百多年了。」

聶深一愣。

他看著林木偏過頭去，問那個幾百年來一點變化都沒有的帝休，能不能放聶深出來了。

帝休仍舊是那副和氣的樣子，一邊控制著本體將掛在枝條上幾百年的小風鈴取下來，一邊說道：「怨氣已經消弭得差不多了，以後要多做善事積攢功德。」

他輕易地將手中的方塊打開，看著裡面灰撲撲的霧氣跑出來，然後緩慢而生澀地變成了人形。

「這件事要跟晏玄景他們說一聲吧？」林木問。

帝休點了點頭，拿出一個聶深並不認識的東西，似乎是去通知九尾狐了。

林木跟記憶中的模樣變化實在不大，真要說最為明顯的地方，大概就是他身上的妖氣。

已經強盛得不像是個半妖了。

像他這種得天獨厚受天地所愛的神木，即便是半妖，運氣也依舊比許多普通妖怪要好得多。

林木伸手在他眼前晃了晃，問他：「要不要出去看看？大荒的變化很大哦。」

聶深頓了頓，「變化？」

「對，你可能會嚇一大跳。」林木說著，手一伸，下一瞬就帶著聶深到了旁邊的山頭頂端。

往外放眼望去，盡是奇形怪狀的建築和連綿成一片的花海。

遠處的天上有黑色小點飛來飛去，而花海裡可以看到零零星星的身影。

聶深愣了許久，指了指花海中那幾道身影，「人類？」

「對。」林木點點頭，「現在妖怪的存在已經不是禁忌了，半妖也不是。」

聶深呆愣地看著下面一群妖怪跟人類和諧共處的樣子，張了張嘴，又閉上，整個人透著一股茫然。

「為什麼？」他問道。

「因為在你沉睡的這七百多年裡，人類已經闖到宇宙之中了。」林木乾脆在山頂上坐下來。

一開始只是想讓大荒的基礎建設跟上人類而已——至少物質方面要跟得上。

結果大荒的妖怪沒幾個看得上人類的文明，搞了半天也就只說服了青丘國和幾個關係不錯的大妖怪勢力。

這些勢力前兩百年發展得極快，無數弱小但試圖求生存的妖怪湧進來，使得這幾個勢力不得不瘋狂拓展版圖，以求容納這麼多妖怪。

一開始被瘋狂嘲諷，因為在大荒，小妖怪要多少有多少，沒有誰會考慮去庇祐這些沒有用的傢伙。

更別說是給這些小妖怪福利以刺激他們成長。

這在大荒的妖怪眼裡，跟養蠱殺自己沒有任何區別。

但以青丘國為首的幾個勢力並不在乎，在嘗到了普及教育和福利回饋的甜頭之後，更是只想悶聲發大財。

許許多多的無主之地被他們分割收編，領地裡的小妖怪出了幾個擁有了環境之後就脫穎而出的大妖潛力者。

等到別的勢力反應過來的時候，以青丘國為首的幾個勢力在兩百多年間多出了數個忠心耿耿的大妖，而他們已經失去了跟這些勢力競爭的能力。

而緊接著讓他們感到頭皮發麻的是，人類也突破了。

他們打破了星球的樊籠，徹徹底底踏入了宇宙時代，大荒的妖怪才恍惚著回過神來，意識到人類不比他們弱小多少了。

雖然從個體來說，人類還是弱得像一隻隨手都能捏死的螻蟻，但他們有武器，有防具，有能夠瞬間跨越星辰的運輸工具。

更有使妖怪們自愧不如的腦子。

人類在進入宇宙的初期相當混亂，但在平穩之後，遭遇了許許多多其他有智慧的生命。

那些生命長得奇形怪狀，能力和天賦也奇形怪狀，什麼模樣都有。

於是妖怪不稀奇了。

混血也不稀奇了。

「後來我跟晏玄景去人類那邊商量了一下，準備把大荒對外開放……」林木嘟噥了一句，「結果就打起來了。」

聶深沉睡了七百年，前兩百年他們在悄悄地發展，中間兩百年他們光明正大地擴張，後面三百年裡，有兩百年進入了全面戰爭。

對於絕大部分妖怪來說，大荒是他們唯一還能夠光明正大存活的地方。他們一生都不會離開大荒，不會接觸更多的外界。

更別說人類發展成什麼模樣，整個大荒會去關心這件事的妖怪，一萬個裡能有一個就不錯了。

但一直有在跟外界聯繫的一些大妖怪十分清楚。

人類步入了宇宙時代，擁有了許多妖怪一生——幾百上千年都無法擁有的東西。

但大部分妖怪並不明白。

在他們眼裡，人類依舊是隨隨便便就能捏死的東西。

哪怕踏入了星辰大海，人類本身就是很弱。

於是就打起來了。

而從結果來看，是開放的那一邊贏了。

從那時到現在百年過去，大荒大大方方地敞開了大門。

許許多多的星際產物流入大荒，各式各樣可以將中間等級妖怪一擊斃命的武器把反對派的臉打得比饅頭還腫。

大妖怪畢竟還是少數。

七百年裡冒出來有姓名的大妖怪全部才十四個，這都已經算得上是非常厲害的比例了。

平庸普通的妖怪才是真正的絕大多數。

而給人類嬰兒一樣武器，只需要一個按鈕，絕大部分的妖怪都會瞬間灰飛煙滅。

於是那些妖怪再也不敢反對了。

——他們當然不會覺得關上大門就能萬事大吉，宇宙廣闊無垠，誰知道會不會有什麼能夠撕開空間的武器呢。

「除了人類還有不少外星人哦。」林木指著那些飛來飛去的小黑點，「很多東西你都得重新學習了。」

「……」

聶深看著遠處密集的建築，抿了抿唇。

林木偏頭看他，「怎麼了？」

「夢澤呢？」聶深問道：「我的……我母親的夢澤，還在嗎？」

「在，我們把夢澤圈進領地幫你留著了。」林木說完問道：「你想去看看？」

聶深點了點頭。

於是林木站在山頂喊了一聲，告訴帝休他要去哪裡之後，拉著聶深直接跳下了山。

聶深被林木領著，跨過了花海，走進了他原本以為是城鎮的地方。

但林木告訴他，這並不是城鎮。

「這是我爸爸開的鬼屋。」林木說道：「你要是膽子大，甚至可以在裡面玩上足足一個月再出來，保證刺激。」

林木又指了指遠處另外一堆華麗的建築，「那邊是晏歸開的自由交易所。「那邊是毛茸茸樂園，裡面的工作人員全都是毛茸茸的妖怪和外星人，很受歡迎。

「那邊是大荒靈植博覽館。

「那個是……」

林木絮絮叨叨地介紹著一路上的建築，等到了如今已經荒蕪一片的夢澤，說道：「夢澤是我們留給你的，你想用來做什麼都行。」

聶深不是第一次面對這樣陌生的世界了。

他剛去中原的時候，也像是現在這樣充滿了疑惑。

但那個時候他身邊並沒有人陪著。

他瞥了一眼林木，目光落在了原本的夢澤上。

距離他離開到如今回來，已經過去上千年時間了。

夢澤的霧氣散去，水澤也消失得一乾二淨。

這裡荒草叢生，已經看不出半點記憶之中的瑰麗，也沒有半點蜃殘留下來的氣息。

聶深站在這一片茂盛的荒草地裡，滿臉都是茫然不知所措。

「也不用馬上決定要做什麼。」

林木乾脆找了塊石頭坐下來，從隨身帶著的布袋拿出兩包小零食來，說道：「你可以慢慢想，不急，先吃點零食。」

聶深滿臉茫然地偏頭看看他，又看了一眼那袋包裝花俏的零食，想了想，也學著林木的樣子席地而坐，撕開了零食的袋子。

他慢吞吞地從零食袋中拿了塊肉乾出來，吃了一口，並不能分辨是什麼肉類。

但他也沒有詢問的意思，只是看著荒草萋萋的這一片平坦荒原，說道：

「我已經不認識這裡了。」

林木倒是覺得很稀鬆平常，「都過了這麼久啦，而且這裡是你家，我們也不好整理，所以變成這樣很正常。」

聶深想了想，覺得也是。

然後更加茫然地看著眼前已經連「澤」都不是的土地，也不知道自己在執著些什麼。

這世間的一切都是如此。

被時光推拉著，即便不想改變，但總是會不如人所願地發生變化。

河流會乾涸。植株會枯萎。生命會逝去。

風霜雨露，最終都會變成蒙上了一層層厚重濾鏡的記憶。

將他陷害至此的怨念已經幾近消散，他也得到了足夠的發洩。

然後呢？然後他應該贖罪。

可贖罪之後呢？

他始終不知道自己活下來應該做些什麼才好。

母親沒有了，夢澤沒有了，仇恨著的對象也沒有了。

聶深慢吞吞地吃完了手裡的小零食，然後有一下沒一下地捏著袋子，「沙啦沙啦」響。

過了半晌，聶深偏頭看著林木，說道：「我不知道應該做什麼。」

「啊。」

林木叼著肉乾，愣了兩秒，「不知道做什麼的話，就做你媽媽曾經做過的事吧。」

這種迷茫林木明白，他自己也經歷過。

媽媽剛走的時候，留下他一個人，不知道能做什麼，也不知道應該做什麼。

之前的努力都是為了讓媽媽過得更好更開心，媽媽沒了，整個人都變得慌張無措起來。

聶深大概比他還要更茫然一點。

「你應該想起不少事情了對吧？回憶一下媽媽曾經做過的事，或者想做的事，堅持活下去。人只要活著，就早晚會有幸福和快樂降臨的。」

林木在這些年倒是變得異常豁達了，「總是對過去念念不忘，是無法擁有未來的。」

記仇也好，憐憫自己也罷，大多都是會絆住現在的東西。

林木懶洋洋地躺在石板上晒著太陽，看著頭頂上蒙著淺紅色薄霧的天空，說道：「最近好忙，好久沒看到藍色的天空了。」

聶深聞言一頓，手指輕扣，天際的淺紅色薄霧便迅速褪去，留下了後方一碧如洗的藍天。

林木轉頭看看聶深，翻身爬起來，拍掉身上的草屑，「我去找個工程團隊來，先幫你把這裡的草除掉，之後你想怎麼弄再自己處理。」

聶深目送著林木走遠，將手中的零食袋子小心收好，轉頭踏入了那片生著荒草的家園。

時隔千餘年。大荒之中乾涸了漫長時光的夢澤上，再一次浮起了溼潤柔軟的霧氣。

——番外之二〈聶深〉完

番外之三
Public Office of
Non-human
Affairs

在很早以前，帝屋就反思過，自己到底為什麼會落到這種田地。

三魂七魄全都被分開，本體也被拆碎，那些向來習慣敲骨吸髓的妖怪果然也沒有讓他失望，連力量都沒有放過。

他被埋在龍脈裡的那些年，神魂破碎，整個人都渾渾噩噩的，但極為偶爾的時候，也能夠聚起一點零碎的思緒來。

後來功德漸漸累積變多，他好不容易把那些零碎的細緒串了起來。

為什麼會變成這樣？

原因有很多。

他以前沒少跟著晏歸到處胡鬧，結了仇，晏歸有青丘國這個後盾，而他沒有。他以前還很自以為是，常仗著天地寵愛幹一些不怎麼好的壞事。

惹事結仇，大意輕敵——或者別的一些原因。

要找理由總是能找到很多，但帝屋不覺得自己做的那些事情會導致這樣的下場。

他躺在龍脈裡，混混沌沌地想著，怎麼想都覺得不應該。

更偶爾的時候，他又會覺得，說不定這個遭遇會給予他什麼新的緣分。

這樣的想法總是一閃即逝，轉頭就被埋藏到心底最深處。

誰他媽要為了緣分遭這種罪！

誰有這樣的資格讓他遭這種罪！

帝屋總是這樣想著，從未遮掩過心中的不公和忿忿。

隨著功德漸多，他的憤怒變得越來越明顯，最終背負著他的龍脈終於發現了。

在帝屋的印象裡，在他三魂歸位成功之前，唯一一個會興致勃勃一直不停嘮叨的，有且僅有秦川一個。

另外幾條龍脈都如同他們誕生的山川河流一樣安靜沉穩，甚至於不像一個已經生了靈智的妖怪。

但秦川不一樣。

帝屋一直都覺得秦川之所以那麼多話，八成是因為他總是被人類的帝王逮住。

有幾百年他帶著帝屋，一起被逮住了。

那段時間是功德積攢得最快的時候，也是帝屋終於從混沌之中掙脫的時候。

他從混沌之中醒過來，說的第一句話就是：「吵死了。」

當時秦川剛被抓著關起來沒多久，還會生氣地托夢給人類的帝王大發脾氣，發完脾氣就哭，發覺不管用之後，就成天半夜在人家宮殿裡跑，「噠噠噠」的，全皇宮上下的人都以為是鬧鬼，雞飛狗跳不得安靜。

連被帶著的帝屋也被吵得頭大如斗。

然後他就被秦川發現了。

秦川對於這塊承載著一縷殘魂的大木頭印象還算不錯，因為他知道要不是這塊大木頭，他到現在還被關在小空間裡。

雖然如今也沒好到哪裡去，但至少有一點——他還可以分出幾分神智去發洩不滿。

人類的帝王不懂那麼多，被托夢幾次，基本上不是驚惶不定找人除妖，就是乾脆俐落地用好吃好喝的供奉著這個吵鬧的祖宗。

但很少有人能跟秦川聊天。

他的領地基本上等同於人類帝王的領地，這種地方別說妖怪了，除了人類之外，連開了靈智的生靈都少之又少。

他又不可能天天跑去人家帝王的夢裡。

人家天天上朝忙碌又加班到很晚，要是還睡不好，猝死了怎麼辦？猝死一個皇帝帶來的麻煩可多了，萬一亂起來，這責任可都是要他來背。

所以秦川吵鬧歸吵鬧，但確實是真正感到寂寞。

很少人能夠看到他，更沒有人會跟他聊天。

皇家供奉的東西雖然十分豐富，但對他而言又有什麼用呢。

吃的不夠塞牙縫，用的就更不用提了。

帝屋的出現就跟一道劃破黑暗的光一樣，一下子打破了秦川一個人熱鬧的寂寞。

帝屋第一次見到秦川的時候，秦川還是個小不點，穿著一身不合身的玄色皇袍，手裡拿著自己亂畫的竹簡，活像外面那個皇帝的縮小版。

帝屋睡一覺起來，一睜開眼，這個小不點就撐著臉蹲在他旁邊盯著他，張口就喊：「大木頭！」

你他媽才是大木頭。

已經見識過秦川有多吵鬧的帝屋當場就想裝死。

結果秦川蹦到他身上，左跳跳右跳跳，一邊跳一邊喊「大木頭」。

帝屋裝死，一邊裝一邊反思自己以前做的壞事是不是真的值得自己遭受這樣的痛苦。

——不僅被敲骨吸髓壓榨得乾乾淨淨，甚至如今握到一線生機的時候，還遇到了個野孩子。

哦。

從這個野孩子的本體來看，他應該年紀還挺大。

至於到底是天生地養的神木年紀大，還是天生地養的龍脈年紀大，這一點早已經不可考了。

帝屋不明白，別的妖怪化形都是朝著英明神武的成年體型奔去，除非本身確實就處在幼年階段體型受限。

畢竟成年體型的模樣力量能夠達到最大化，哪個妖怪會嫌自己太強呢？

沒有，不存在。

但眼前這就有個小笨蛋。

被人類逮了這麼多次，還傻到一樣化形成小孩子。

可能是嫌自己被逮的次數還不夠多吧，帝屋剛這麼想著，就被這個小笨蛋一腳踩到了臉上。

小笨蛋根本分不清一塊大木頭的腦袋在哪裡，對方不理他，他就一屁股在自己背著的這塊大木墩上坐下來，唉聲嘆氣道：「大木頭，你為什麼不理我呀？我背著你走了這麼遠，沒有功勞也有苦勞。

「我剛剛聽到你講話了，你說我吵……」小笨蛋說到這裡戛然而止，整個人如遭雷擊，彷彿不敢相信自己竟然被嫌吵了。

他吸了吸鼻子，「哇」的一聲就哭了出來，「你這個木頭好壞啊，這麼多年你都一聲不吭，一吭聲就說我吵！」

「……」被騎著臉的帝屋面無表情。

被吵得一個頭兩個大的帝屋腦子嗡嗡響。

聽著哭聲的帝屋內心毫無波動，甚至感覺自己可以一拳揍飛一個龍脈。

「你怎麼這麼壞！」秦川躺在大木墩上打起滾來，兩條小短腿踢來踢去，「你說說話嘛嗚嗚嗚，你跟我講話嘛嗚嗚嗚……」

魔音穿腦。

帝屋忍了忍。

帝屋忍無可忍。

「你從我身上滾下去！」他高聲罵道：「吵死了！」

秦川被吼得打了個嗝，爬起來一邊抽噎一邊捲起了過長的衣袖，叉著腰踩在大木墩上，「你怎麼這麼凶啊！！外面的皇帝都不敢凶我！！」

「哦。」帝屋冷漠應聲，「我比外面的皇帝厲害多了。」

「……」哭哭啼啼的小鬼聞言一愣，似乎忘記了哭泣這件事，擦掉臉上的眼淚鼻涕，帶著哭腔弱得要命地問道：「……真的哦？」

帝屋鬆了口氣，「真的。」

秦川扭扭捏捏地扯了扯身上的皇袍，說道：「那你起來去打他一頓，然後帶我走嘛。」

「……」帝屋霎時陷入了高品質的沉默。

秦川等了又等，等了又等，等了半天沒等到回應，過了半晌終於意識到自己被騙了。

他瞪圓了眼，嘴一癟，又哭了出來，「你這木頭怎麼這樣啊啊啊嗚嗚嗚！！！！」

帝屋深吸口氣。

你媽的，好煩啊！

他決定當成無事發生，隨這小笨蛋去哭。

秦川「嗚哇嗚哇」哭了好一會，沒等來這塊大木墩的動靜，也沒等來皇帝那邊的供奉，哭著哭著打著嗝，不哭了。

他坐在大木墩上，一邊打著哭嗝一邊小聲說道：「我、我叫秦川，人類說的那個八百里秦川的秦川就是我，你叫什麼啊？」

帝屋並不知道什麼是八百里秦川，他只覺得這龍脈是個貨真價實的笨蛋。

但小笨蛋願意好好說話，帝屋多少還是鬆了口氣，「我叫帝屋。」

「我好像聽過你的名字。」秦川帶著哭腔仔細想了想，然後「啊」了一聲，「你是那個傳聞中很厲害的樹吧？」

帝屋帶著些得意，輕「哼」了一聲。

「你怎麼變成這樣了啊？」秦川看著屁股底下的大木墩，伸手摸了摸，「很痛吧……」

帝屋不說話了。

他覺得被這麼個小笨蛋憐憫有點怪怪的。

不，他本身也並不需要他人的憐憫。

自己輕敵變成這樣，有什麼好說的。

真男人打落牙齒和血吞，被一個小鬼頭憐憫也太不像話了。

秦川戳了戳屁股底下的大木墩，問：「你怎麼又不說話了。」

「睏。」帝屋隨口說道。

「哦，那你睡吧。」秦川從大木墩上爬下來，看起來是又準備去皇宮裡吵鬧了，但往外走了兩步，他又「噠噠噠」地跑回來，說道：「你喜歡吃什麼呀？糖糕喜歡嗎？肉喜歡嗎？還是別的東西？」

「……」你看我現在像是能吃東西的樣子嗎？

「你睡啦？」秦川問了一聲，沒有得到回答，轉頭嘀嘀咕咕地走了。

帝屋看著這個小笨蛋走遠，看著龍脈本體所處的昏暗地底，發了許久的呆，漸漸真的睡了過去。

功德並不足以讓帝屋保持長時間的清醒，甚至有的時候即使醒過來，意識也依舊是模糊而混沌的。

他能夠聽得見一些動靜。

有人說話，有人爭吵，有人在哭，還有人尖叫咆哮著什麼。

——然後是血的味道。

帝屋再一次醒過來。

那個小笨蛋趴在他身上，好像長大了那麼一點點。

他興奮地在大木墩上打著滾，就好像有人在跟他講話一樣，興致勃勃地自言自語：「上面的人類又打起來啦！我聽說他們準備燒了我頭頂的宮殿！啊！燒了我就可以跑了！帝屋你說我們先去哪裡！我這裡有輿圖！我們哪裡都可以去！

「唉雖然你還沒醒，不過沒關係，等你醒過來的時候我們就已經跑到外面去啦！」秦川喜滋滋地展開了手裡的輿圖，興高采烈地說道：「這麼多年了也不知道外面變成什麼樣子了，這幾年糖糕也吃不到了，一塊都沒能幫你存下來，外面應該會有！」

帝屋聽著秦川嘮嘮叨叨，帶著幾分初醒的茫然和呆愣，過了好一會才反應過來發生了什麼。

這血腥氣，大概是人類又要改朝換代了。

鎮壓秦川的一直都是他們頭頂宮殿形成的陣法，天天人來人往，取這其中走動的人的一些精力氣血來鎖住龍脈，以防龍脈遊走。

上面的宮殿只要有半數殘缺，那麼秦川就自由了。

燒焦的氣味從四面傳來，秦川搓著手，滿心滿眼都是期待。

帝屋掃了一圈這昏暗的地底，一如他睡前時的模樣，分毫未變。

能出去也挺好的，帝屋想，一直待在這裡就一直沒有希望，若是能外出四處走一走，也許能碰個機緣出來。

但他到底是太看得起秦川了。

不，應該說，他根本沒有意識到秦川的運氣有多差。

差到剛從燒掉了一半的宮殿底下跑出來，還沒走出三里地就又被人類的修行者逮到了。

秦川被關進了小空間，靠著大木墩，兩眼滿是淚光，「噫噫嗚嗚」的好不可憐。

就算是帝屋也愣了好一會才反應過來，端詳了一番這因為匆忙而顯得粗陋的陣法，憑自己席捲天下多年的經驗，找到了陣法的生門。

帝屋清了清自己並不存在的嗓子，說道：「坎位踏三步。」

正在「噫噫嗚嗚」的秦川一愣，扭頭看了看被他靠著的大木墩，呆愣地喊道：「帝屋？」

「對，你聽我的，這就帶你出去。」帝屋應了一聲，重複道：「坎位踏三步。」

「？」秦川吸著鼻子，「什麼意思啊？」

「……」帝屋深吸口氣，從頭開始為秦川講解陣法的基礎。

過了幾個時辰，龍脈扛著帝屋逃出生天，就好像滿腔委屈有了倚仗一樣，秦川從之前的小聲嗚咽變成了毫無顧忌的嚎啕大哭。

「嗚哇啊啊啊帝屋，你怎麼現在才醒嗚嗚嗚……」秦川一邊跑一邊哭，「我幫你留的糖糕全都壞了！糖糕很好吃的！嗚嗚我、嗝、我帶你找個地方吃。」

帝屋在龍背上感受著秦川順著山勢水路遊走的線路，慢吞吞地問道：「你有錢？」

秦川一邊哭一邊問：「錢是什麼？」

「……」帝屋深深嘆了口氣。

他們這一次在外面一起待了好長一段時間，秦川也終於發現了帝屋這個樣子是根本沒辦法吃東西的。

於是他總是帶著帝屋去沒有人的山裡，像賊人一樣左顧右盼確定什麼東西都沒有，然後把帝屋從土裡搬出來晒晒太陽。

帝屋時醒時睡，偶爾興致來了會主動跟秦川說上一兩句話。

「你為什麼化形成幼童的樣子？」帝屋問。

秦川晒著太陽晃著腦袋，說道：「我看妖怪和人類都對幼童很好啊——特殊時期除外。」

所以也希望有誰能對他好。

但顯然，身為龍脈的秦川是沒有這個福分的。

不被抓去鎮壓就不錯了，還想要什麼其他的。

有的時候秦川也會問帝屋：「你是怎麼變成這樣的？」

帝屋一直都沒有回答他，直到他有一次睡醒，發現秦川又被人類抓住了，才惡狠狠地答道：「你為什麼被抓，我就是為什麼變成這樣的！」

秦川已經被關好幾年了，好不容易等到帝屋醒過來，聽他這麼一說就嘆氣，「人類好壞哦。」

「妖怪也一樣。」帝屋一邊說著，一邊開始找出路。

秦川這個小笨蛋陣法百教不會，蠢到帝屋都覺得秦川是不是在裝。

直到秦川跑多少次被逮多少次，帝屋終於意識到不是秦川蠢，而是他天命如此。

沒見過倒楣成這樣的妖怪，帝屋想。

倒楣成這樣，除了天命這個解釋之外，哪還能找到別的理由。

帝屋再一次醒過來，絲毫不意外地看到秦川又被抓了。

這個已經變成少年模樣的小笨蛋撐著臉，老氣橫秋地嘆氣：「人類……真的好壞哦！」

帝屋面無表情地試圖尋求解決方法，想來想去說道：「那我們去妖怪那邊。」

龍脈穿行三界是不需要通過通道的。

秦川高興地甩甩尾巴，覺得可以。

結果剛到大荒，他就差點暴斃當場，還險些步上帝屋的後塵，被剝皮拆骨分而食之。

秦川嚇得大哭著跑了，準備躲進祖龍龍脈裡老老實實待個幾百年再也不出去，結果剛接近祖龍龍脈，就跟另外兩條走脈迎面撞上了頭。

——直接把帝屋的三魂撞在一塊了。

終於有了帝屋之外的同伴，秦川興奮得不得了，天天黏著他們，死纏著另外兩條走脈不放。

從別的殘魂裡傳遞而來的記憶遠不如跟秦川相處時來得豐富，另外兩道龍脈穩如山嶽沉默寡言，更不像秦川一路上走一步倒楣三步，這麼幾千年下來竟然也沒多少印象深刻的事情。

倒是跟秦川待一起，天天都像生存遊戲一樣相當刺激。

另外兩道龍脈大概是沒見過秦川這種黏人精，被纏著走不了，乾脆也就不走了，蹲在祖龍龍脈附近，開了個洞府，守著帝屋休養恢復，天天聊天打屁，偶爾去人類鎮上走一圈，搜羅些吃食和別的玩意。

再後來……

再後來帝屋覺得自己可以鬧事了，就乾脆掀掉了牌桌，拍拍屁股報仇去了。

之後的事情並不為許多人所知。

帝屋在中原花了五百多年修復神魂和力量，好不容易利用帝休留下來的那個組織攢夠了功德，覺得自己可以穩當回大荒的時候，正巧老朋友要他回去打架的信就傳了過來。

帝屋回到大荒這件事，在本身就很混亂的局勢之中掀起了軒然大波。

——因為他帶了一堆星際武器回來，堪稱一座移動軍火庫，甚至用不著自己動用妖力就能追著別的妖怪一頓爆捶。

而青丘國一方的妖怪們更是拿著帝屋帶回來的武器裝備武裝到牙齒，之後的戰局堪稱砍瓜切菜，一路毫不費力地剷平了所有敵人，高高興興地跟中原和宇宙展開交流。

如今妖怪也不是什麼稀奇物種了，跟人類之間的相處也相當和諧，而帝屋作為大荒第一的軍火商天天忙得腳不點地，覺得生活簡直太他媽充實了。

當然了，也不是沒有美中不足的地方。

帝屋叼著菸，面無表情地看著從遠處大哭著朝他衝過來的秦川，對方很沒有出息地被幾個長得嚇人的小妖怪追趕著。

帝屋掃了一眼那幾個小妖怪，發現全都是在帝休鬼屋裡工作的妖怪。

「帝屋嗚嗚啊啊啊！」秦川大哭著衝過來，動作十分熟練地鑽進了帝屋的衣領裡，纏著他從領口探出頭來告狀，「這幾個小妖怪！無法無天！幫我打他們嗚嗚嗚！」

帝屋十分冷酷地說道：「出去。」

「我不要！」秦川纏得更緊了幾分，抖掉腦袋上的菸灰，理直氣壯地說道：「你幫我打他們！」

帝屋看著那幾個看到他之後扭頭就跑的小妖怪，吐出口煙圈，「不打。」

「嗚嗚嗚。」

「你別纏著我。」

「我是冷血動物，天氣這麼熱我幫你降溫啊。」

「……」

「你要是不想讓我纏著你，以後別穿襯衫了嘛，都什麼年代了還穿襯衫，土。」

「……」

「我覺得你這個人，應該學一學人家晏玄景，心裡想什麼就說什麼。」

帝屋眉頭一跳，「我在想什麼？」

秦川甩了甩尾巴，得意洋洋，「想我啊。」

帝屋冷漠地「哦」了一聲，把身上纏著的這條龍扯下來，單手把他的龍腦袋插進土裡種成一條倒插的花園鰻，然後叼著菸慢吞吞地走遠了。

——番外之三〈帝屋&秦川〉完

番外之四

Public Office of Non-human Affairs

晏歸在解決掉聶深和怨氣的麻煩事之後，從兒子那裡得知了老婆要他儘快回去的消息，他一點也沒懷疑，拍拍屁股毫不猶豫地就走了。

晏歸想過一萬種自家老婆迎接他回歸的方式，不論是哪一種都讓他感覺十分興奮。

溫婉可人的模樣也好，賢淑端莊的模樣也好，火辣多情的模樣也好，晏歸都覺得他可以。

青丘國的國主從通道走出來，傻呼呼地奔向了自家國都，一路暢通無阻地奔進宮中大殿。

青丘國的王后懶洋洋地斜倚在屬於她丈夫的王位上，沒有任何一個妖怪有勇氣說上一句不妥，全都規規矩矩地彙報完事情就火速撤離。

晏歸去中原照料大侄子和帝屋那個拖油瓶這麼久了，回來後一個眼神都沒給自家左膀右臂的下屬，撒著嬌就直奔著王座去了。

王后一抬眼，媚眼如絲地朝她的丈夫招了招手。

晏歸被這一眼看得渾身骨頭都酥了，蹭過去剛喊了一句「老婆」，他老婆就一手挑起他的下巴，另一隻手一揮，在桌子上整整齊齊地放了一整個桌面的照片。

全都是各式各樣的毛茸茸動物。

晏歸看著根本不該出現在大荒的照片，愣了兩秒，腦子裡飛速閃過一系列可能的罪魁禍首，最終十分明確地把責任歸屬給了自家兒子。

帝屋沒這麼無聊，除了晏玄景誰還能幹得出這種缺德事！

王后托著晏歸下巴的纖纖玉手晃了晃，從桌上拿起了一張照片，在晏歸眼前晃了晃，輕聲說道：「乖一點？親、愛、的。」

晏歸委委屈屈地變成了一隻美國短毛貓，跳到自家老婆腿上，縮成顆球，不動了。

在大殿裡的妖怪看著他們的國主這一副沒出息的樣子，長長地嘆了口氣之後，繼續該幹什麼就幹什麼，全都是習以為常的模樣。

晏玄景跟林木在大荒的晝夜第二次開始輪迴的時候緊隨而來。

林木緊張地拎著布袋，跟在晏玄景身邊踏入了青丘國的國都——這裡的階級遠比他想像中要森嚴許多，晏玄景一出現，幾乎所有的妖怪都讓開了路，沒有一個敢停留在少國主前方。

他們甚至也不敢抬起頭來，連一點對少國主身邊那個半妖的好奇心也不敢有。

林木有些不太適應地抿了抿唇，晏玄景偏頭看了他一眼，輕輕撓了撓他的掌心，而後握緊林木的手，加快了步伐。

「很不習慣？」晏玄景問。

林木點了點頭，「嗯。」

晏玄景想了想，說道：「那以後就不走在他們面前。」

少國主帶著自家的小帝休在國都大街上溜達一圈，除了宣誓主權之外，本身也沒有別的目的。

林木不喜歡，那以後就直接從天上飛——直到林木慢慢習慣了這樣的情況為止。

這種不平等的關係總是要習慣的。

也許以後會改變，但在這幾百年內要有變化，很難。

時間過去，林木總會習慣的。

這種階級差異也好，實力差異也好，大荒的生存觀念也好，早晚都得適應。

「下次我們從天上飛。」晏玄景說道。

林木聞言，看了晏玄景一眼，忍不住抿著唇笑了，露出了嘴角兩個小酒窩。他點點頭，應道：「好。」

眼看著宮殿近在眼前，林木低頭看了看布袋，想到裡面的東西，猶疑不定地問道：「你母親……真的會喜歡這個嗎？」

晏玄景一點遲疑都沒有地點了點頭，「會。」

林木還是覺得有點不好，不過想到後來自己多添購的一些東西，又覺得應該還行。

晏玄景表示過並不需要在意人類的那些禮俗，但林木覺得總不能因為人家不講究這些，他就禮數不周全。

這不應該。

所以他跟晏玄景最後思來想去，買了一布袋的禮品，雖然林木很懷疑人家會不會喜歡這個，但晏玄景這麼信誓旦旦了，林木還是聽話地買了不少。

當然，以防萬一，他也按照自己的想法挑選了不少東西，免得晏玄景的看法不對，搞得不愉快。

——作為給晏玄景母親的見面禮，他已經盡力了。

林木被晏玄景領著進入了宮殿。

宮殿內的妖怪膽子比外面的大了不少，雖然不敢議論，但至少敢表露出好奇了。

越往裡走，便越見不到那些畏畏縮縮躲躲閃閃的態度，宮殿內外彷彿是兩個完全不同的世界，被完完全全地隔絕開來。

帝休沒有跟著林木一起來，他倒是相當清楚在青丘國不會有誰為難林木，所以逕自抱著林雪霽的骨灰罈回了帝休谷。

多年未歸，山谷總是需要先打理一番。

林木跟晏玄景走進大殿，一抬眼就看到揉得一隻小貓肚皮直翻的女性。

林木呼吸一滯。

該怎麼形容她呢——也許他腦海中所知道的讚美辭藻堆砌在一起也不足以描述其姿容瑰麗之一二。

甚至於，晏玄景長成那樣，林木都覺得是晏歸拉低了女方的外貌水準。

可晏歸和晏玄景已經是非常好看的了。

怪不得當初這父子兩個能說得出「喜歡九尾狐的都是喜歡臉」這種話。

林木愣愣地看著揉著貓抬眼看過來的女性，在對方撐著臉輕笑出聲的時候才驟然回過神來，頓時有些拘謹，卻又異常誠懇地誇讚道：「您真好看。」

晏歸趴在自家老婆的手底下任她揉捏，聽到小帝休這麼說，得意地翹起了尾尖，「喵」了一聲以彰顯存在感。

「您好，初次見面，我是林木。」林木漸漸適應了對方外貌的衝擊，面頰有些微紅。

晏玄景面無表情地看著他這個一點都不收斂魅惑天賦的娘，一抬手直接蓋住了林木的眼睛。

林木：「？」

晏玄景開口，帶著些許的涼意，從鼻腔中發出一聲輕哼，說道：「狐狸精。」

王座上的女性黛眉一挑，抱著貓慢吞吞地走下來，「說得好像你不是一樣。」

晏玄景垂眼看著林木，一抬手給他下了好幾個凝神靜氣的術法，果然林木的神情清明了不少。

林木也意識到自己剛剛大概是著了道，有些不好意思地低下頭來，但還是說道：「我帶了些見面禮來……」他說著，把布袋交給了不知何時走到他們旁邊的長輩。

青丘國的王后也並不推辭這點客氣，大大方方地打開了布袋。

晏歸伸長了脖子往布袋裡看，第一個跳出來的就是一件小恐龍寵物裝。

晏歸渾身一震，不敢置信地看向林木。

「想要什麼尺寸的寵物裝都有。」晏玄景面無表情地掃過他愣住的爹，毫不留情地補刀，「玩具也有。」

「哎呀……」青丘國的王后發出一聲愉悅的應和，幫晏．美國短毛．歸繫上了一個口水圍兜，舉起貓「啾」了一下，顯然相當愉快。

「我很喜歡。」她一邊笑著，一邊在晏歸的尾巴上綁了個粉藍色的蝴蝶結。

林木看了看宛如一隻廢貓的晏歸，又看了看高高興興地挑揀著寵物衣和飾品的王后，最終還是選擇了女士優先。

「您喜歡的話就太好了。」他說道：「除此之外我還給您買了一些現世的絨毛玩具和衣物。」

當然，尺寸是從晏玄景那裡要來的。

被老婆喜滋滋打扮著的晏歸一張貓臉上全是冷漠，他看著晏玄景，看著他大侄子，滿心滿眼都是磨刀霍霍的模樣。

林木縮了縮脖子，晏玄景掃了一眼威脅後輩的晏歸，十分冷酷地從口袋掏出手機來，打開了相簿，慢吞吞地說道：「我想您會想看看這個，母親。」

晏歸看到手機就覺得不妙，異常淒厲地「喵」了一聲之後就要撲過去一掌銷毀那臺手機。

但他再快也快不過武力向來碾壓他的老婆，剛跳出去就感覺後頸一麻，四隻腳揮舞著，被他老婆拎在手裡，好整以暇地點開了影片。

晏歸面無表情地聽著手機裡傳來他掐著嗓子一口一句老公一句大葛格的聲音，心裡琢磨著怎麼樣才能拉上晏玄景一起死。

晏玄景似乎察覺到了危險，拉著林木火速告了辭。

在他們踏出大殿後沒兩秒，後面就傳來了晏歸一聲高過一聲的嚎叫——聽著聽著，那其中似乎又有了點別的讓人面紅耳赤的意味。

晏玄景抬手擋住林木的耳朵，表情一絲不動。

從他們回大荒那天起，長達兩年的時間裡，林木都沒能看到晏歸真正的人形。

——要說為什麼是真正的人形，因為林木在這兩年見識到了晏歸各種各樣的人外化形。

比如女體，比如人魚，比如天使惡魔，又比如吸血鬼等各式各樣的扮相。同時各式各樣的毛茸茸動物也沒少看到。

晏玄景總是非常熱衷於從中原那邊帶來一些奇奇怪怪的書冊資料和圖片，一邊從容地說服青丘國臣民接受來自人類的新東西，一邊毫不留情地延長著晏歸苦哈哈的日子。

晏歸也沒少陷害兒子，父子兩個互相攻擊得滿頭包，而林木則是徹徹底底被九尾狐淹沒了。

成年的那個帝休，晏歸向來是不給族裡別的狐狸吸的。

吸不到成年的帝休，一群狐狸見到了小帝休就兩眼冒光，成天拖著小帝休一起玩。作為回報，他們跟林木說了一大堆晏玄景以前的黑歷史，還教了林木不少術法。

跟晏玄景那種直男式教導截然不同，這裡有不少擅長教育的九尾狐，使得林木進步飛快，整棵樹都樂不思蜀。

晏玄景看著身在九尾狐堆裡的林木，多少有些吃醋，但他向來是不對沒有錯處的同族動手的，而眼神又不能殺狐狸，一大堆毛茸茸狐狸在那邊，擠都擠不進去，晏玄景就很氣。

但看在林木晚上還是會回家來陪他睡的份上，他忍了。

直到某天早上醒來，晏玄景發現自己縮成了幼年時的人形，而林木拿著一套他印象極其深刻的小裙子，試圖讓他穿上時，少國主終於忍無可忍，轉頭邁著小短腿殺進了爹娘的寢殿，嘩啦啦又扔出了一大堆照片。

當天，穿著小裙子的幼年少國主站在皇宮的池塘邊，跟一隻仰躺在池塘裡假裝自己是條鹹魚的海豚晏歸四目相對。

「裙子是你給林木的。」

「照片是你給你娘的。」

「昨天飯裡的幻化藥是你下的。」

「小影片是你給你娘的。」

「是你自己賣弄風騷的。」

「那也不是你給你娘看的理由。」

「……」

「……」

你媽的。

打又打不過。

互相傷害還要吃虧。

晏玄景一咬牙，轉頭發奮圖強，花了百餘年把自己之前寫的計畫書裡的條目一項項完成，而後心狠手辣地在大荒牽了網路，買了一堆遊戲版權回來，哄著他母親去沉迷遊戲。

安逸了百餘年，兒子也漸漸擔得起重任，隨時準備卸任的青丘國國主——正琢磨著拉老婆去遊山玩水逍遙自在的晏歸，看著電腦前一口一句「大葛格帶帶我」的老婆，沉著臉看向了自家兒子。

晏玄景在旁邊喝了口茶，慢吞吞站起身來，拍了拍身上並不存在的灰塵，輕飄飄地說道：「我早就答應林木，要帶他去大荒四處走走，先前一直沒時間，近來國務就勞煩父親了。」

他話說完，對他的老父親露出了一個一分溫和兩分高興三分舒爽四分嘲諷的神情，得意洋洋地走了。

晏歸轉頭看向他老婆，剛剛還在沉迷遊戲的王后此時笑咪咪地看著他，輕聲感慨，「兒子成長得很不錯啊，你居功甚偉。」

晏歸指了指晏玄景的背影，又指了指自己，瞪圓了眼看著相當配合兒子的老婆，滿心髒話無處宣洩，非常委屈。

我只是一隻弱小可憐又無助的小狐狸。

這不應該。

——番外之四〈青丘國主的災難〉完

——《非人類公所值勤日誌》全系列完

高寶書版集團
gobooks.com.tw

BL070
非人類公所值勤日誌04(完)

作　　者　醉飲長歌
繪　　者　cyha
編　　輯　薛怡冠
校　　對　林雨欣
美術編輯　彭裕芳
排　　版　彭立瑋
企　　劃　黃子晏

發 行 人　朱凱蕾
出　　版　三日月書版股份有限公司
　　　　　Printed in Taiwan
地　　址　臺北市內湖區洲子街88號3樓
網　　址　www.gobooks.com.tw
電　　話　(02) 27992788
電　　郵　readers@gobooks.com.tw（讀者服務部）
傳　　真　出版部　(02) 27990909　行銷部 (02) 27993088
郵政劃撥　50404557
戶　　名　三日月書版股份有限公司
發　　行　英屬維京群島商高寶國際有限公司台灣分公司
　　　　　Global Group Holdings, Ltd.
初版日期　2022年8月

本著作物《非人類街道辦》，作者：醉飲長歌，由北京晉江原創網絡科技有限公司授權出版

國家圖書館出版品預行編目(CIP)資料

非人類公所值勤日誌/醉飲長歌著.-- 初版. -- 臺北市：三日月書版股份有限公司出版：英屬維京群島高寶國際有限公司臺灣分公司發行, 2022.08-
面； 公分. --

ISBN 978-986-0774-89-4 (第4冊：平裝)

857.7　　111003235

三日月書版

三日月書版